V
648

I0686478

LA
LUMIÈRE ÉLECTRIQUE
ET
L'ÉCLAIRAGE AU GAZ

ARTICLES EXTRAITS DU *Journal des Usines à gaz*

QUATRIÈME ÉDITION

REVUE, CORRIGÉE ET CONSIDÉRABLEMENT AUGMENTÉE

PARIS

IMPRIMERIE TYPOGRAPHIQUE DE A. POUGIN

13, QUAI VOLTAIRE, 13

1877

JOURNAL des USINES à GAZ

Organe de la Société technique de l'Industrie du Gaz en France

PARAISSANT LE 5 DE CHAQUE MOIS

RÉDACTION ET ADMINISTRATION

S. JORDAN — D. MONNIER — E. SERVIER

18, Rue de Maubeuge, à Paris

CONDITIONS D'ABONNEMENT

France. . . . . Un an. **12 Fr.**

Union postale. . . . . — **15 »**

LA

LUMIÈRE ÉLECTRIQUE

ET

L'ÉCLAIRAGE AU GAZ

DÉPÔT LÉGAL
Seine
n° 11899
1877

Aᴿᵀᴵᶜᴸᴱˢ ᴇxᴛʀᴀɪᴛs ᴅᴜ *Journal des Usines à gaz*

QUATRIÈME ÉDITION

ʀᴇᴠᴜᴇ, ᴄᴏʀʀɪɢᴇ́ᴇ ᴇᴛ ᴄᴏɴsɪᴅᴇ́ʀᴀʙʟᴇᴍᴇɴᴛ ᴀᴜɢᴍᴇɴᴛᴇ́ᴇ

PARIS

IMPRIMERIE TYPOGRAPHIQUE DE A. POUGIN

13, ǫᴜᴀɪ ᴠᴏʟᴛᴀɪʀᴇ, 1

1877

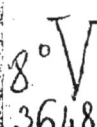

PARIS — TYP. A. POUGIN, 13, QUAI VOLTAIRE. — 10244.

LA LUMIÈRE ÉLECTRIQUE

ET

L'ÉCLAIRAGE AU GAZ

Journal des Usines à gaz. — *5 mai 1877.*

État de la Question

Il se fait beaucoup de bruit en ce moment au sujet de l'éclairage électrique, et les personnes intéressées dans les affaires de gaz montrent une inquiétude analogue à celle qui a été ressentie lors des essais de lumière oxyhydrique. Nous suivons de près cette question et nous nous ferons un devoir de renseigner nos lecteurs sur les faits qui se produisent.

L'inquiétude dont nous venons de parler a pris naissance dans les articles que font les journaux quotidiens sur les essais de lumière électrique qui ont lieu à la gare du Nord, dans quelques grands ateliers et surtout dans une salle des magasins du Louvre, appelée *salle de lumière*.

Le public devrait pourtant prendre l'habitude d'attacher moins d'importance à ces articles pompeux, dans lesquels un procédé plus ou moins nouveau est donné comme devant remplacer tous les modes d'éclairage connus : il devrait regarder en haut du journal le prix des réclames et voir tout le parti qu'on peut tirer d'un entrefilet imprimé à des milliers d'exemplaires et répandu sur la surface du globe. Les magasins de nouveautés, principalement, nous ont habitués à un luxe d'*attraction* qui n'est pas arrivé à son apogée ; s'adressant à la moitié du genre humain, sans contredit la plus belle, mais aussi la plus crédule et la plus facile à éblouir, que n'ont-ils pas imaginé pour attirer à eux cette clientèle si avide de tout ce qui brille et surtout de tout ce qui change? Non contents de fixer les regards par des étalages faits avec goût, ils ont donné *pour rien* des ballons pour les enfants, des éventails pour les petites filles, des gâteaux pour tout le monde. Il y a maintenant des galeries de tableaux, des salons de lecture et même des salles de billard dans certains magasins de nouveautés : qu'y a-t-il d'étonnant à ce qu'on éclaire une salle à la lumière électrique ? on y tirera bientôt des feux d'artifice !

Est-ce à dire qu'il n'y ait rien de nouveau dans ce système d'éclairage? Nous ne prétendons pas cela, et en voulant trop prouver, nous ne prouverions rien ; mais il faut voir les choses telles qu'elles sont et ne pas les regarder au travers du microscope complaisant de la réclame.

La lumière électrique n'est pas nouvelle, tant s'en faut, et nous nous souvenons, pour notre part, d'avoir assisté à bien des expériences, il y quelque vingt ans. L'électricité était alors fournie par des piles puissantes, et les recherches des expérimentateurs portaient principalement sur le meilleur régulateur à employer. Il est trouvé aujourd'hui : c'est celui de M. Serrin.

Un grand pas a été fait dans la production *relativement* économique de l'électricité. On est arrivé à transformer la force motrice en électricité et les machines de la compagnie *l'Alliance,* les machines Gramme et Loutin constituent des progrès réels et sérieux dans la production de l'électricité. Mais l'électricité et la lumière sont deux choses bien distinctes et qu'il ne faut pas confondre.

Que ce soit avec une pile ou avec une machine, on obtient toujours une lampe électrique donnant la lumière de 100 à 120 lampes Carcel. Mais cette lumière est concentrée en un seul point : elle n'est ni réductible, ni divisible, et elle ne peut être obtenue qu'avec une force motrice assez considérable et une machine compliquée, qui ne peut être mise entre les mains de tout le monde.

La lumière est blanche, cela est exact ; car elle n'est que *trop* blanche, et si l'on parvenait à l'obtenir de la teinte de l'éclairage au gaz, on ferait autant de bruit, et avec raison, sur cette découverte qu'on en fait sur la blancheur éblouissante de la lumière électrique.

Restez une heure ou deux au milieu d'un tel éclairage et vous n'y verrez plus clair. Si vous êtes astreint à travailler quelque temps avec cette lumière, vous deviendrez aveugle.

Les électriciens ne nous semblent pas dans une bonne voie pour l'exploitation de leurs découvertes. Les véritables applications de l'électricité sont tout autres que dans la production de la lumière ; elles sont dans la galvanoplastie, la télégraphie électrique et dans les industries chimiques pour la création des reactions que la chaleur est impuissante à produire.

La lumière électrique ne se diffuse pas, et on n'a pas encore trouvé le moyen de la diviser. Elle ne peut donc s'appliquer pratiquement que dans de grands chantiers, dans les phares et pour l'éclairage des féeries, ou pour quelques cas particuliers, dans lesquels l'éclairage au gaz ne peut s'appliquer, comme, par exemple, lorsqu'il n'existe pas dans la localité.

Et, à ce sujet, nous ferons la même remarque que nous avons faite à propos du gaz oxyhydrique dont on a tant parlé à une certaine époque, et dont les actions dorment aujourd'hui dans les portefeuilles des actionnaires trop confiants.

Nous disions alors que ce qui nous inspirait le moins de confiance dans le succès de cet éclairage était que les inventeurs venaient s'attaquer à l'éclairage de Paris, au lieu d'éclairer modestement quelque ville où l'éclairage au gaz n'existait pas. Qu'y avait-il de plus simple alors que d'obtenir la concession de l'éclairage dans une telle ville, et d'y installer l'éclairage oxyhydrique ? Si cet essai avait réussi, les conseils municipaux de toutes les villes seraient allés examiner cet éclairage réputé merveilleux, qui se serait généralisé en très-peu de temps. Au lieu de cela, on a éclairé la place de l'Hôtel-de-Ville, puis la cour des Tuileries ; les actions du Gaz parisien ont baissé fortement, les poltrons ont vendu, les malins ont acheté, et aujourd'hui ceux qui se frottent les mains ne sont pas les actionnaires du gaz oxyhydrique.

Eh bien, nous faisons le même raisonnement pour l'éclairage électrique. Pourquoi donc ne pas appliquer cet éclairage éblouissant dans les localités où le gaz n'existe pas? C'est tout simplement parce que cet éclairage n'a que des applications très-restreintes. Mais il suffit qu'un établissement de Paris en fasse l'application dans une des salles de ses magasins pour que tous les journaux en parlent, et comme il y a toujours des gens disposés à faire baisser une bonne valeur pour en acheter, et à en faire monter une mauvaise pour en vendre, il n'est pas étonnant que l'on annonce avec grand fracas que l'éclairage électrique va détrôner l'éclairage au gaz.

Dans un prochain article, nous étudierons les recherches faites au point de vue de la divisibilité de la lumière électrique.

Que nos lecteurs ne soient pas étonnés d'apprendre prochainement que la salle des pas-perdus d'une gare de Paris sera éclairée par la lumière électrique. Il est certain que, dans ce cas particulier, l'éclairage sera plus économique que le gaz. En voici la raison : c'est que les inventeurs se chargent de faire cet éclairage *gratis*.

---

8 juin 1877

Divisibilité de la lumière

M. Denayrouse a présenté à l'Académie des sciences une note relative à la suppression du charbon dans la production de la lumière électrique. Cette invention, qui a fait grand bruit, est due à M. Jablochkoff, et consiste à introduire dans le circuit central d'une machine magnéto-électrique le fil intérieur d'une série de bobines d'induction, et à faire passer l'étincelle provenant du courant induit sur une lame de kaolin placée simplement entre les deux extrémités du fil extérieur de chaque bobine.

On fait d'abord passer le courant sur une sorte d'amorce plus conductrice, disposée sur le rebord de la lame de kaolin ; cette dernière s'échauffe, rougit, puis devient lumineuse.

M. Jablochkoff espère parvenir par ce moyen à produire jusqu'à 50 foyers lumineux avec une seule machine magnéto-électrique.

Tels sont, en résumé, les termes de la communication de M. Denayrouse, qu'il a renouvelée à la Société d'encouragement dans une séance à laquelle nous avons assisté, ce qui nous permettra de parler de cette invention en connaissance de cause.

Nous devons dire tout d'abord que l'idée de M. Jablochkoff est très-ingénieuse, que l'expérience est fort intéressante au point de vue scientifique, très-jolie à faire dans un amphithéâtre; mais nous ajouterons qu'elle ne nous paraît présenter aucune chance de succès dans la pratique; nous en dirons les raisons tout à l'heure.

Commençons par établir que M. Jablochkoff n'est pas l'inventeur de la prétendue *divisibilité de la lumière*, car nous ne pouvons raisonnablement donner ce nom à la production de plusieurs foyers *intenses*, avec la même machine ou la même pile. Cette prétendue divisibilité n'a aucun rapport avec le *fractionnement indéfini* de la lumière du gaz.

L'idée de la divisibilité de la lumière appartient à M. King et date de 1845, et il serait difficile de dire si le procédé de M. King n'est pas supérieur à celui de M. Jablochkoff. La patente anglaise de M. King date du 4 novembre 1845. L'invention a pour base l'emploi de conducteurs métalliques ou de charbons continus, chauffés à blanc par le passage d'un courant électrique. Lorsqu'on fait usage de charbon, on emploie le graphite des cornues à gaz et on le rend incandescent dans un tube où on a opéré le vide. Quand le courant est d'une intensité suffisante, on peut placer un certain nombre de lumières dans le même circuit, en ayant soin de proportionner la puissance des machines ou des piles au nombre des lumières à obtenir. On produit ainsi ce qu'on appelle l'*éclairage par incandescence*.

Ce procédé était depuis longtemps tombé dans l'oubli, lorsque M. Lodugvine, physicien russe, inventa une petite lampe construite sur le même principe, et qui fut perfectionnée par MM. Konn et Bouliguine.

Enfin sont venus les remarquables travaux de M. Jablochkoff, sur lesquels nous allons nous étendre plus longuement en analysant la méthode d'éclairage des magasins du Louvre et les expériences faites à la Société d'encouragement.

L'installation de M. Jablochkoff a pour objet d'éclairer la

salle dite Marengo, comprise entre les deux grandes galeries Rivoli et Saint-Honoré; cet éclairage est fait au moyen de huit bougies Jablochkoff, entourées de globes peints au blanc de zinc pour amortir et diffuser la lumière et munis de réflecteurs pour la diriger. On sait que les bougies Jablochkoff se composent de deux crayons parallèles de carbone de 0^{m}004 de diamètre sur 0^{m}12 de longueur, isolés par une lame de matière siliceuse; ils sont fixés sur deux tubes en cuivre et reliés entre eux par un tampon en amiante. Les pointes des deux crayons sont mises en communication au moyen d'une petite lame de charbon, qui sert à l'allumage des bougies.

Ce système est mis en activité par deux machines électromagnétiques de l'Alliance, données comme correspondant à 250 lampes Carcel. et actionnées par deux machines à vapeur de 6 chevaux.

Cette partie des magasins est éclairée ordinairement par 11 lustres à gaz ayant en tout 74 becs à globe dépensant environ 100 litres à l'heure.

Pour comparer les deux modes d'éclairage, il faut se rendre pendant plusieurs soirées consécutives, non-seulement dans la salle, mais dans la rue de Rivoli, sur le trottoir opposé, pour bien juger de l'effet.

La première observation que l'on pourra faire est que l'éclairage électrique ne fonctionne pas tous les soirs et, lorsqu'il fonctionne, ce n'est jamais toute la soirée. Cette observation est très-importante, parce que c'est en n'en tenant pas compte, qu'on arrive à établir des prix de revient fantaisistes donnant l'avantage à l'éclairage électrique.

En effet, si l'éclairage électrique ne fonctionne pas tous les soirs, c'est qu'il présente certains inconvénients, ou que les appareils ont besoin de certaines réparations; mais d'un autre côté si, lorsqu'il fonctionne, cela n'a pas lieu pendant toute la soirée, c'est qu'il n'est pas économique.

Or, cela résulte précisément de ce que la lumière électrique ne se fractionne pas, tandis que celle du gaz se fractionne à l'infini. Qu'arrive-t-il, en effet, dans un magasin comme celui du Louvre? A la tombée de la nuit, on allume les becs, mais on les maintient à petit feu, et on les ouvre davantage, au fur et à mesure que la nuit arrive; de même à l'heure de la fermeture, où le public n'est plus admis dans les magasins, il faut néanmoins que les employés y voient clair pour plier et ranger les étoffes; mais ce travail n'exige pas l'éclairage luxueux de la soirée pendant la visite des acheteurs. On éteint alors un certain nombre de becs, et on baisse les autres de manière à n'obtenir que l'éclairage nécessaire. Enfin, lorsque le magasin est fermé, il faut encore de la lumière pour les employés qui tiennent les écritures ou font la caisse, mais quelques becs seulement sont nécessaires. Rien de tout cela n'est possible avec l'éclairage électrique qui donne toujours son maximum de lumière, ou qui, s'il ne le donne pas, dépense presque autant de force motrice et de crayon.

La conséquence est la suivante : c'est que les becs de gaz restent allumés (à petit feu, il est vrai) même lorsque l'éclairage électrique fonctionne. Mais alors il faut double installation et double dépense, d'une part; et, d'autre part, il ne faut pas établir le prix de revient de l'éclairage électrique à l'heure en calculant l'intérêt et l'amortissement des appareils sur le pied d'un nombre d'heures d'éclairage égal à celui de l'éclairage au gaz, puisque ces appareils ne sont utilisés que pendant une partie seulement de ce nombre d'heures. Ou bien, il faut comparer les dépenses des deux modes d'éclairage non pas à égalité de lumière, ce qui ne signifie absolument rien, mais en tenant compte de ce que la surabondance de la lumière électrique pendant certaines heures est complétement inutile et par conséquent perdue, puisqu'on ne peut pas la diminuer en diminuant la dépense.

Il est assez difficile d'apprécier exactement la différence d'intensité des deux modes d'éclairage pour plusieurs raisons : d'abord, ainsi que nous venons de le dire, le gaz de la salle n'est jamais entièrement éteint; les galeries voisines envoient une grande quantité de lumière; enfin la couleur de l'éclairage est toute différente. Cependant, en se plaçant sur le trottoir opposé, on remarque qu'avec l'un ou l'autre éclairage, on distingue aussi bien les personnes et les objets qui se trouvent dans le magasin.

On peut donc admettre que les 8 bougies Jablochkoff correspondent aux 74 becs de gaz; et, dans le cas où elles donneraient un éclairage supérieur, cet éclairage serait surabondant puisqu'on n'a jamais eu l'idée d'augmenter le nombre des becs de gaz.

Établissons donc le prix de revient comparatif des deux éclairages.

Éclairage électrique

FRAIS DE PREMIER ÉTABLISSEMENT

2 machines locomobiles à vapeur de 6 chevaux.	12.000 »
2 machines de l'Alliance.	16.000 »
(Y compris les fils conducteurs et les appareils Jablochkoff)	
Total. . . . . Fr.	28.000 »

Soit, à raison de 15 0/0 l'an, pour intérêt, amortissement et entretien . . . . Fr.   4.500 »

Éclairage au gaz

74 becs à 25 fr. l'un (y compris le compteur et la tuyauterie)   1.850 »
(Nous ne parlons pas de la valeur des lustres, qui est complétement indépendante de l'éclairage et qui serait identique pour les deux systèmes dans le cas d'une installation luxueuse).

Soit à raison de 15 0/0 l'an, comme ci-dessus. 277 50

Nous admettrons 500 heures d'éclairage dans l'année pour chacun des systèmes d'éclairage fonctionnant isolément.

Éclairage au gaz

Intérêt et amortissement de premier établissement. . .	277 50
74 becs brûlant 100 litres à l'heure pendant 400 heures à 0 fr. 30 le mètre cube.	888 »
74 becs brûlant 50 litres à l'heure pendant 100 heures à 0 fr. 30 le mètre cube.	111 »
Total de l'année . . . . Fr.	1.276 50

$$\text{Soit par heure } \frac{1276.50}{500} = 2.55$$

Éclairage électrique

Intérêt et amortissement de premier établissement. . .	4.500	»
Charbon (1^k, 50 par cheval et par heure, à 40 fr. les 1.000 kil.). Soit pour 500 heures : $1.50 \times 12 \times 500 \times 0.40$	360	»
Chauffeurs, 500 heures à 0 fr. 50	250	»
Crayons de graphite (0 fr.36 par heure).	180	»
Graissage (0 fr.13 par heure). . . :	65	»
Total. . . . . Fr.	5.355	»

$$\text{Soit par heure } \frac{5355}{500} = 10.71$$

C'est-à-dire que le coût de l'éclairage par l'un ou l'autre système est dans la proportion de :
$$1276 : 5355 = 100 : 419.$$

L'éclairage électrique est donc plus de 4 fois plus cher.

Si nous comparons, au contraire, les deux systèmes tels qu'ils fonctionnent dans les magasins du Louvre, c'est-à-dire ou le gaz seul, ou la lumière électrique concurremment avec le gaz, brûlant à petit feu pendant quelques heures, et le gaz brûlant seul pendant le reste du temps, nous arrivons aux chiffres suivants :

Éclairage au gaz seul

Dépense annuelle, 500 heures comme ci-dessus.	1.276	50
ou par heure 2 fr.55.		

Éclairage simultané

Intérêt, amortissement et entretien de l'installation (gaz)	277	50
Intérêt, amortissement et entretien de l'installation (électricité).	4.500	»
500 heures éclairage au gaz, à petit feu.	555	»
200 heures de lumière électrique $\dfrac{(360+250+180+65) \times 200}{500}$	342	»
Total . . . Fr.	5.674	50

$$\text{Soit } \frac{5674.50}{500} = 11.34 \text{ par heure.}$$

C'est-à-dire que le coût de l'éclairage fait par l'un ou l'autre système est dans la proportion
$$1276 : 5674.50 = 100 : 444.$$

L'éclairage mixte est donc plus de 4 fois plus cher que le gaz seul.

D'autres inconvénients sont à signaler dans le système Jablochkoff appliqué à l'éclairage des magasins :

1° Les *bougies*, composées de charbon qui brûle et d'une matière siliceuse qui se volatilise, produisent une fumée blanche formée de silice à l'état très-tenu, qui influe, comme on sait, d'une manière très-fâcheuse sur les voies respiratoires;

2° Il faut renouveler les *bougies* toutes les demi-heures;

3° La lumière blanche de la lumière électrique, qui permet, il est vrai, de voir les étoffes avec leurs couleurs naturelles, est très-défavorable au choix de ces étoffes lorsqu'elles doivent être vues à la lumière artificielle soit du gaz, soit des bougies ou des lampes. Quant à celles qui doivent être vues dans le jour, il est plus simple de les choisir dans la journée. Enfin les figures des visiteurs paraissent blafardes, et, sur ce point, il faut demander l'avis des dames, qui est entièrement défavorable à la lumière électrique.

Quelques chiffres feront encore reconnaître l'impossibilité absolue de la généralisation de l'éclairage à l'électricité dans un établissement tel que les magasins du Louvre, qui paraissent pourtant le mieux se prêter à l'emploi de ce système. Nous avons vu que l'éclairage de la salle Marengo comporte 74 becs à gaz, et que, pour les remplacer, on a eu recours à deux machines à vapeur de 6 chevaux commandant 2 machines magnéto-électriques de l'Alliance. Admettons, pour être généreux, que ce système remplace même 100 becs. Or, les magasins du Louvre comportent 3,000 becs; le remplacement de ces 3,000 becs exigerait donc une force motrice de 360 chevaux et 60 machines de l'Alliance. On voit que c'est une véritable usine qu'il faudrait construire, et le coût seul du terrain rendrait l'application insensée.

Nous terminerons cet article par la citation de quelques passages d'un volume très-intéressant de M. Fontaine sur l'éclairage à l'électricité (1). Cet électricien très-connu dit page 126 :

« Les industriels, qui ne payent le gaz que 0 fr. 30 le mètre cube, et qui trouvent leur établissement suffisamment éclairé avec 20 becs de gaz, ne doivent pas chercher une lumière plus écono-

(1) *Éclairage à l'électricité*, renseignements pratiques, par Hippolyte Fontaine, chez Baudry, éditeur, 1877.

mique, à moins qu'ils ne fassent travailler *toutes les nuits, sans interruption.* »

Et, page 226 : « ... Nous constatons qu'au point de vue pratique, malgré le bruit et les réclames à l'emporte-pièce faites récemment en Russie, malgré les remarquables travaux de MM. Jablochkoff et l'initiative non moins remarquable de M. Denayrouse, il n'existe aujourd'hui, 1ᵉʳ mai 1877, rien qui soit d'un emploi facile, rien que l'on puisse recommander pour un essai provisoire, et *a fortiori,* pour une installation définitive. »

Puis, plus loin : « Nous croyons que, pour qu'un succès complet vienne couronner de si grands efforts, il faudra découvrir une nouvelle source d'électricité ou trouver le moyen d'utiliser industriellement l'électricité atmosphérique. »

Et enfin, page 227 : « ... Le tort des inventeurs est surtout de vouloir trop généraliser l'emploi de leurs appareils et de parler immédiatement de supprimer le gaz d'éclairage. Certes l'électricité a déjà un champ immense d'exploitation. Mais de là à prendre partout la place occupée par le gaz, il y a une distance qui, très-probablement, ne sera jamais complétement franchie. Nous n'avons jamais tant admiré *la facilité d'emploi, la simplicité d'installation, le fractionnement indéfini et la multiplicité des usages du gaz,* que depuis que nous nous occupons de l'éclairage à l'électricité. »

Nous n'avons jamais dit autre chose.

***

5 août 1877.

Deux courants tout à fait opposés (l'expression ne peut sembler déplacée en parlant d'électricité) paraissent s'être produits dans l'esprit des électriciens. Les uns, ayant à leur tête MM. Denayrouse et Jablochkoff, cherchent la divisibilité de la lumière, annoncent même l'avoir trouvée, et parlent de son application dans des conditions identiques à celles de l'éclairage au gaz. Les autres, dont le chef est M. H. Fontaine, concentrent au contraire la lumière et prétendent à remplacer celle du soleil lorsqu'elle vient à nous faire défaut.

La divisibilité de la lumière électrique, si elle était réellement trouvée et que les expériences fussent pratiques, serait à prix égal une sérieuse concurrence à l'éclairage au gaz. Mais il n'en est rien, et la seule application qui en ait été faite, dans les magasins du Louvre, a démontré le peu de valeur d'un procédé qui avait fait tant de bruit lors de son apparition : nous disons le peu de valeur au point de vue pratique, car les belles expériences de M. Jablochkoff n'en gardent pas moins tout leur mérite au point de vue purement scientifique. Nous avons traité la question en détail dans les numéros 1 et 2 du *Journal des usines à gaz*.

Quant à la concentration de la lumière et à la formation d'un foyer unique équivalant à 100, 500 et jusqu'à 3,000 lampes Carcel, elle nous paraît être la recherche d'un système d'éclairage précisément opposé à ce que l'on demande dans la plupart des cas. Il peut être très-intéressant de vouloir imiter le soleil ; mais, comme l'a dit Molière, dans les *Femmes savantes* :

> Quand sur une personne on prétend se régler,
> C'est par les beaux côtés qu'il lui faut ressembler ;
> Et ce n'est point du tout la prendre pour modèle,
> Ma sœur, que de tousser et de cracher comme elle.

Or, si le soleil ne servait qu'à l'éclairage des humains, nous pourrions lui reprocher bien des défauts ; nous n'irons pas jusqu'à dire, comme Calino, qu'il a celui de n'éclairer que pendant le jour, puisque les autres modes d'éclairage n'auraient plus leur raison d'être. Mais, en fait, il n'est pas de lumière plus irrégulière, non-seulement pendant la durée d'un jour, mais encore suivant les saisons et les latitudes, et, pour nous en servir comme éclairage, nous cherchons à nous mettre à l'abri de son action directe, au moyen de parasols, de persiennes, de stores, etc.

Les mérites indiscutables du soleil (toujours comme éclairage) sont de *luire pour tout le monde* et d'être *gratuit*, et ce sont précisément les seuls points que les électriciens ne pourront pas atteindre, et moins encore que les gaziers.

M. H. Fontaine nous a cependant conviés à des expériences qui ont eu lieu au Palais de l'Industrie, et dans lesquelles « l'intérieur du Palais, dont la surface est de 12,000 mètres carrés et le volume de 320,000 mètres cubes, était éclairé par deux foyers de six lampes. » M. Fontaine ajoute même que la salle est rectangulaire et que, dans une salle ronde ou carrée, *on n'eût mis qu'un seul foyer.*

Nous aurions dit *à priori* qu'un tel éclairage ne pouvait être que défectueux, mais l'expérience n'a fait que confirmer notre opinion. Les deux lustres, composés chacun de six lampes électriques, projetaient une lumière générale blafarde, comparable non pas à la lumière directe du soleil, ni même à cette lumière tamisée à travers les nuages, mais à ces levers de soleil d'hiver dont on est exposé à se voir éclairé lorsqu'on quitte le bal au point du jour. Quant à l'action directe de ces deux lustres de six lampes électriques, elle projetait de chaque côté des visiteurs six silhouettes découpées comme aux ciseaux et faisant l'effet d'ombres chinoises superposées.

M. Fontaine avait pris la précaution de distribuer aux visiteurs une instruction disant que *pour apprécier l'intensité de l'éclairage, il faut éviter de regarder les lampes*, précaution bien inutile d'ailleurs parce que, lorsqu'on les avait regardées une fois, on n'était nullement tenté de recommencer. Et cela est bien naturel. M. Fontaine évalue en effet l'intensité lumineuse de ces deux foyers à 6,000 becs de gaz; nous aurons à revenir sur ces chiffres, mais, en les acceptant comme exacts, on voit que chaque lustre était composé de six crayons donnant chacun 500 becs de gaz, c'est-à-dire que la lumière de 3,000 becs de gaz se trouvait concentrée en six foyers de quelques centimètres carrés seulement de surface, tandis que 3,000 becs de gaz eussent présenté une surface éclairante d'environ 6 mètres carrés.

La diffusion de la lumière était donc à peu près nulle, et cette diffusion n'était que le résultat de la réflexion des murs de l'édifice.

Nous disons que le problème ainsi résolu est précisément l'inverse de celui qu'il faudrait résoudre, et qui est la divisibilité infinie ou la diffusion de la lumière, et, au lieu de concentrer la lumière en un point, il faudrait arriver tout au contraire à la disséminer le plus possible. La perfection de l'éclairage serait de rendre, pour ainsi dire, fluorescentes les surfaces que l'on se proposerait d'éclairer.

Quant au chiffre de 6,000 *becs de gaz*, que M. Fontaine indique comme équivalant à l'intensité lumineuse obtenue, c'est une donnée bien vague : il y a bec de gaz et bec de gaz comme il y a fagot et fagot ; mais si M. Fontaine a voulu parler de becs de gaz brûlant 140 litres de gaz à l'heure, nous accepterions volontiers de faire l'essai suivant : Éclairer la moitié de la nef du Palais de l'Industrie avec 3,000 de ces becs, et l'autre moitié avec un des lustres à six bougies de M. Fontaine, et faire voter le public sur le meilleur mode d'éclairage. La moitié de la nef ayant une surface de 6,000 mètres carrés, 3,000 becs équivaudraient à un bec pour 2 mètres carrés, ce qui est un éclairage *à giorno*.

Car, il faut bien le dire, les intensités que MM. les électriciens mettent en avant ressemblent passablement au nombre des morts et des blessés que les bulletins de bataille annoncent au public, et il serait bon qu'une fois au moins on fît une expérience comparative sérieuse.

Comme cette expérience n'a pas été faite, nous nous bornerons à dire qu'en sortant du Palais de l'Industrie, nous avons aperçu l'éclairage du café des Ambassadeurs, dans les Champs-Élysées, qui est fait par environ 1,000 becs de gaz entourés de globes dépolis, et que cet éclairage était féerique, tandis que l'éclairage électrique du Palais de l'Industrie était funèbre.

Quant à la question économique, il suffit de dire que les deux lustres électriques étaient alimentés par douze machines Gramme, actionnées par deux machines de 25 chevaux chacune.

Cela n'empêche pas les rédacteurs des grands journaux de s'écrier que « la question de l'éclairage de Paris vient de faire un pas immense. » Et, pour l'amusement de nos lecteurs, nous reproduirons un passage d'un article (1) rappelant les essais faits en 1855 et 1863, pour l'éclairage de l'avenue de l'Impératrice, et attribuant l'insuccès de ces essais à une cause qui ne nous serait pas venue à l'idée.

« L'enthousiasme fut grand, dit l'auteur de cet article, si nous
« en jugeons par les comptes rendus de la presse. Mais pour ceux

1. *Estafette*, 10 juillet 1877.

« qui ont fait, à bon droit, du bois de Boulogne, le rendez-
« vous de leurs amours ou le lieu solitaire où ils exhalent leurs
« douleurs, pour les oiseaux effarés qui battaient l'air de leurs ailes,
« pour tous les êtres, en un mot, qui recherchaient la solitude,
« le calme, l'obscurité, cette invention fut qualifiée de malfaisante
« ce fut un concert de malédictions. »

« Aussi les expériences furent bientôt abandonnées, et tous
« ceux qui croyaient voir Paris éclairé furent désolés du choix
« malheureux du lieu d'expérimentation. »

A quoi tiennent les destinées !

Nous croyons plutôt que la vivacité du foyer lumineux aveuglait
les passants et effrayait les chevaux, et que les ombres portées
étaient d'une telle intensité qu'elles semblaient autant de trous,
de fossés et de précipices.

Nous avons encore à rendre compte à nos lecteurs d'une expérience qui a eu lieu à Rouen dans les premiers jours de juillet,
et à laquelle nous avons assisté. Il y avait concert au profit des
ouvriers de l'établissement de Loys dans le jardin de l'Hôtel de
ville, qui était éclairé par six lampes évaluées à 500 becs chacune
et placées à environ 6 mètres au-dessus du sol. Les lumières
étaient entourées d'un double verre dépoli afin de ne pas aveugler
les assistants. Nous pensons que ces verres dépolis absorbaient au
moins 50 0/0 de la lumière.

Le *Journal de Rouen* dit que, « d'après les chiffres qu'a bien
« voulu lui communiquer M. Lemonnier, en tenant compte de
« toutes les dépenses d'amortissement, d'entretien et de frais que
« peut occasionner l'emploi de la lumière électrique, la dépense,
« par chaque soirée, s'élève à 177 fr. 85. En se plaçant dans les
« mêmes conditions, l'éclairage avec le gaz reviendrait à 285 fr.;
« c'est donc une différence en moins de 107 fr. 15 en faveur
« de la lumière électrique, pour chaque soirée, et si nous rappe-
« lons que l'on donne environ 25 concerts par an, un bénéfice
« de 2,678 fr. 75 environ. »

Or, ce calcul est complètement faux, même en admettant le
chiffre de 177 fr. 85 pour la lumière électrique. Il est évident, en
effet, que les prétendus 3,000 becs de lumière électrique seraient

2

avantageusement remplacés par 1,000 becs de gaz de 105 litres chacun placés par groupes de 18 à 20 sur des candélabres répartis dans les allées du jardin. Ils donneraient *sur le sol* de ce jardin une lumière au moins égale à celle des lampes électriques et seraient plus agréables à la vue.

Ces 1,000 becs de gaz coûteraient pour chaque concert et deux heures d'éclairage :

1,000 becs × 0mc105 × 2 heures × 0 fr. 32 =	67 20
Service d'allumage.	4 80
Total.	72 »

Intérêt et amortissement à 10 0/0 sur un capital de 15,000 francs à dépenser pour l'installation du gaz dans le jardin, 1,500 francs, soit, pour un concert, $\frac{1500}{25} =$ . . . .

	60 »
Total.	132 »
L'éclairage électrique coûte.	177 85
Différence en faveur du gaz.	45 85

En outre, il faut remarquer que les concerts que donne la municipalité de Rouen dans le jardin Saint-Ouen sont au profit des pauvres et que la Compagnie du gaz est obligée, dans ce cas, de fournir le gaz à 0 fr. 17 le mètre cube. On aurait donc :

210 mètres cubes à 0 fr. 17	35 70
Allumage	4 80
Total.	40 50
Intérêt et amortissement.	60 »
Total.	100 50
Éclairage électrique	177 85
Différence en faveur du gaz.	77 35

La ville réaliserait donc pour ses vingt-cinq concerts une économie de 1,146 fr. 25 dans le premier cas et de 1,933 75 dans le second.

Quand à l'effet produit, il était le même qu'au Palais de l'Industrie. Chacun cherchait à se mettre à l'abri sous les arbres pour n'être pas incommodé par l'une des six lampes qui se trouvait toujours dans le champ de la vue. La seule chose agréable était la projection de la lumière sur le jet d'eau et sur la magnifique tour de Saint-Ouen au moyen d'une lampe réflecteur. Mais cela ne rentre pas dans la question de l'éclairage : c'est du décor et de l'illumination.

---

5 septembre 1877.

Des essais de lumière électrique ont eu lieu dans les ateliers de MM. Denayrouse et Jablochkoff, avenue de Villiers.

Le *Figaro* du 14 août dernier en a rendu compte dans le style familier à ce journal le mieux renseigné, le plus compétent et surtout le plus désintéressé de toute la presse. Il en est résulté une baisse assez sensible sur les actions du Gaz parisien. C'est la même comédie qui a été jouée lors de l'apparition du gaz oxy-hydrique, et qui aura exactement le même dénoûment. On monte aux nues l'éclairage électrique, les actions du Gaz baissent, et on en achète : ce n'est pas plus difficile que cela.

N'ayant pas été invités à assister à ces essais, nous ne pourrons en rendre compte pour cette fois, et c'est peut-être le but que se sont proposé les expérimentateurs. Nous retiendrons seulement de l'article de M. XX... le paragraphe suivant :

« La conférence de M. Denayrouse a été faite à la lumière du gaz. »

Nous avouons que, si nous avions à faire une conférence sur le gaz, nous n'aurions pas l'idée de nous éclairer par la lumière électrique.

La Compagnie Lontin fait également des essais dans la gare de Lyon à Paris; nous y avons remarqué les mêmes défauts que dans la gare du Nord dans la salle des bagages : excédant de lumière près des lampes, ombres portées très-intenses. Quant au prix de revient, l'on n'en dit rien, et pour cause.

Nous donnerons aujourd'hui la traduction de la communication faite par Backler à l'Assemblée générale des Actionnaires de L'European Gas Compagny, tenue le 18 juillet dernier.

M. Backler a traité la question au point de vue du *confort* et a parfaitement montré tout ce qui manque à l'éclairage électrique pour remplacer l'éclairage au gaz. Voici les termes de cette communication :

M. H.-M.-L. Backler. — En faisant seulement quelques remarques sur l'éclairage par l'électricité, je ne veux qu'exposer certains faits qui vous permettront de tirer vos propres conclusions et de décider vous-mêmes s'il est vraisemblable que le gaz est ou sera éclipsé sous les prétentions mises en avant en faveur de la bougie électrique. On ne peut contester que ce ne soit là un brillant progrès sur les précédentes applications de l'électricité; une grande gloire en revient à l'officier russe Jablochkoff, auquel nous sommes redevables de la bougie qui porte son nom. C'est assurément une expérience intéressante et très-attrayante pour les hommes de science. Reste à savoir jusqu'à quel point cela est bien pratique. M. Jablochkoff et ses associés annoncent qu'ils ont découvert le moyen de diviser un courant électrique de manière à alimenter cinquante foyers par un seul générateur; mais, en réalité, ils n'ont pas réussi, à ma connaissance, à en alimenter publiquement plus de huit; c'est donc à ce nombre que nous nous arrêtons. — Un autre système, celui de M. Lontin, est actuellement en cours d'essai à Paris, pour alimenter séparément vingt-quatre doubles foyers par une seule source d'électricité; mais ce n'est, pour le moment, qu'une expérience scientifique qui peut réussir, comme elle peut avorter. — M. Jablochkoff a besoin (pour alimenter un nombre de foyers lumineux qui n'excède pas huit) d'une machine électrique ou source première du courant électrique; et cette machine est mise en mouvement par une machine à vapeur de la puissance de six chevaux environ. De cette machine appelée *magnéto-électrique,* ou *électro-magnétique* (car on l'appelle de ces deux noms) un fil électrique va joindre les points où sont adaptées les bougies. Ces bougies consistent en deux crayons ou baguettes de charbon verticales et parallèles, de quatre pouces de long, séparées par une petite bande d'une composition isolante, appelée kaolin. Dans les premières expériences, les baguettes étaient entourées de kaolin, de manière à représenter la forme de bougie; de là leur nom. Je dois maintenant mentionner que le kaolin est une espèce d'argile compacte, employée dans les porcelaineries. Ce composé est fusible à une haute température, et se consume ou *doit se consumer* au même niveau que les pointes des charbons. Je puis dire en passant que, comme ce kaolin se volatilise dans cette combustion, des particules de silice sont mises en liberté, et affectent d'une façon irritante les yeux et les voies respiratoires. — Lorsque le courant électrique est établi (les pôles positif et négatif sont mis en communication par un petit bout d'entretoise en graphite) une éclatante lumière est produite, et les crayons de charbon ainsi que la petite bande de kaolin brûlent rapidement ensemble, à moins que le kaolin fondu ne coule sur les charbons, ce qui arrive parfois. Dans ce cas, le courant est interrompu et la lumière s'éteint. Ces tiges de charbon sont consumées environ en une heure et doivent alors être renouvelées. Ce temps passé, la lumière s'éteint, à moins qu'une bougie de secours, allumée en prévision et toute prête, ne vienne la remplacer. De toute manière, une manipulation très-délicate est nécessaire chaque demi-heure. M. Jablochkoff prétend que chacune de ses bougies émet une lumière égale à celle de cent becs de gaz; mais, en cela, M. Jablochkoff nous présente une sorte d'*éléphant blanc*; car, généralement, nous ne demandons pas les cent lumières pour lesquelles il s'attend à nous faire payer. Dans cette chambre, par exemple, il y a sept becs de gaz, et ils sont suffisants pour nos besoins. Dans la chambre voisine, il y en a seulement trois. Or nous aurions à payer ici pour quatre-vingt-treize becs et là pour quatre-vingt-dix-sept de plus que nous n'avons besoin; ou, comparant lumière à lumière, au point de vue de l'effet utile, nous devrions obtenir la bougie électrique dans cette chambre pour 1/14ᵉ du prix que nous coûte même éclairage avec le gaz, et dans la chambre voisine pour 1/33ᵉ de ce prix. En réalité, d'ailleurs, nous n'obtiendrions guère plus de lumière, puisque nous devrions faire ce que M. Jablochkoff et ses associés font, c'est-à-dire intercepter par des globes peints de couleur foncée ou des verres très-épais, l'éclat surabondant qui serait intolérable aux yeux dans un espace restreint. Si la comparaison que je fais pour le cas présent est juste, *a fortiori* le sera-t-elle à l'égard des maisons d'habitation, magasins, routes et rues, où l'on ne recherche pas une lumière intense sur un seul point, mais une lumière diffuse, répartie aussi également que possible dans tout l'espace à éclairer, ce qui ne peut être mieux obtenu que par le gaz. Il sera probablement démontré que l'éclat de la lumière électrique peut être réduit considérablement, si on le désire; mais il faut toujours payer la dépense nécessaire pour produire le courant électrique ou le diviser, que nous l'utilisions en totalité ou en partie seulement. Peut-être les avocats de la bougie électrique diront-ils aussi que la dépense n'excédera pas 1/33ᵉ, lumière pour lumière, du prix du gaz ordinaire, et peut-être diront-ils même 1/100ᵉ pour faire la comparaison avec un seul bec de gaz. Il est de fait que j'ai entendu prétendre qu'elle est d'un meilleur marché qu'on ne peut même pas évaluer; mais si l'on pousse ses recherches un peu plus loin que ces prétentions, on trouve que le propriétaire de l'établissement où la lumière électrique a été employée était fourni *gratis* par les inventeurs pour l'amener à consentir à l'essai.

Assurément, le gaz ne peut soutenir la comparaison dans de pareils termes. Mais en admettant, pour la discussion, que là où nous avons à payer pour le gaz 20 schillings, nous n'ayons pas à payer plus d'une livre pour la lumière électrique, cela ne nous dispense pas d'une machine magnéto-électrique et d'une machine à vapeur, avec chaudière, placée quelque part dans nos locaux, ou dans une maison sur deux ou trois. Nous aurions à trouver un emplacement pour elles et à nous pourvoir d'un homme, d'un chauffeur pour les manœuvrer. Cet homme aurait à prendre soin de tous les appareils et devrait parcourir la maison chaque demi-heure ou à peu près pour changer les baguettes de charbon. Il en serait ainsi non-seulement dans nos magasins et entrepôts, mais dans nos salles à manger, bibliothèques, salons et chambres à coucher, enfin partout où la lumière artificielle est employée. Comment une telle complication dans nos intérieurs (déjà peu aisée à établir en elle-même) serait-elle vue de nos ladies, je l'imagine plus facilement que je ne saurais le décrire. J'ajoute que comme nous n'avons besoin de lumière artificielle que peu d'heures seulement chaque jour, la machine et la chaudière resteraient inactives la plus grande partie des vingt-quatre heures; il faudrait chaque jour mettre en pression vers le soir. Mais dans le cas d'un brouillard soudain, le temps ferait défaut et nous retomberions sur... la bougie et la chandelle. Notre chauffeur aurait, de cette façon, une vie facile et ample loisir pour *flirter* avec celle des servantes qui y serait disposée, et je craindrais que cette étincelle électrique ne créât bien plus d'embarras que l'autre. D'autre part, je suppose que je quitte mon cabinet ou quelqu'une de mes chambres, inoccupée pour un court espace de temps; je ferme le gaz de façon à n'obtenir qu'un jet presque imperceptible et la dépense cesse presque complétement jusqu'au moment où je reviens l'ouvrir de nouveau, sans même prendre la peine de frotter une allumette. Si je désire une veilleuse dans ma chambre à coucher, un tout petit jet de gaz répond au but. Si je suis matinal, avant que les domestiques n'aient bougé, je tourne un robinet et, en peu de minutes, mon eau est chaude, mon cabinet de toilette chaud et confortable par la plus rigoureuse des journées d'hiver. Je puis avoir tous mes plats cuits au gaz et mon bain très-rapidement prêt par le même procédé. La bougie électrique permet-elle d'obtenir tout cela? Assurément non! M. H. Fontaine, un éminent électricien français et l'auteur d'un important ouvrage sur l'éclairage par l'électricité, dit qu'il n'a jamais autant admiré la facilité d'emploi, la simplicité d'allumage, la divisibilité infinie et la variété d'emplois du gaz, que depuis qu'il lui a été donné de s'occuper de la lumière électrique. M. Servier, l'éminent président de la Société technique de l'industrie du gaz en France, pense qu'un vaste champ est ouvert à l'extension de l'éclairage par le gaz en France, et qu'il y aurait à donner de grandes facilités au public pour en faire un instrument utile partout et entre les mains de tous. Les consommateurs sont ainsi assurés dans les endroits où la lumière électrique ne pourra jamais prétendre à lutter. Il est possible qu'elle soit avantageusement employée dans les phares, dans de vastes fabriques et des ateliers, spécialement dans ceux où quelque moteur est employé à d'autres usages; la force motrice n'a, dans ces cas, qu'à être transmise au moyen d'une courroie à la machine magnéto-électrique. Il est, en somme, contestable que cela puisse être obtenu économiquement, à de rares exceptions près.

Une haute autorité française estime que la dépense des foyers électriques des magasins du Louvre à Paris est quatre fois celle de la quantité de gaz qui serait suffisante pour le même objet. Dans l'établissement de M. Pouyer-Quertier, près de Rouen (qui a été cité avec insistance dans le premier-Londres d'une de nos feuilles quotidiennes comme une preuve du succès incontestable de la lumière électrique), ce mode d'éclairage a été abandonné au bout d'un an. L'appareil de lumière électrique, mentionné dans le même article comme placé dans la salle des bagages de la gare du chemin du Nord à Paris, est également abandonné après une expérience qui, comme je l'ai recueilli de la bouche même des agents, fut peu satisfaisante au point de vue de l'accomplissement de leur service, en ce sens que la lumière était sujette à des tremblotements et à des variations. Dans un vaste atelier du Havre où un appareil électrique a été monté, au prix d'environ 500 livres (12,500 fr.), il éclaire simplement la partie centrale de l'établissement, tandis que les ouvriers employés aux extrémités et le long des murs continuent à employer le gaz. Aux West India Docks, à Londres, le premier essai a été abandonné à cause de défauts dans l'appareil employé, et la seconde expérience ne durait que fort peu, ce qui était une manière habile de supprimer l'inconvénient et le désagrément du changement des charbons.

Maintenant que j'ai mis sous vos yeux les principaux faits, je vous en laisse tirer vous-mêmes les conclusions. Que ceux qui ont peur de la puissance de la lumière électrique vendent leurs actions du gaz. Ils trouveront plus d'une personne prête à compatir à leur embarras, car nul doute qu'ils ne trouvent un excellent prix des acheteurs. Seulement, pour être conséquents, ils devront réserver le produit de cette vente à un placement dans quelques compagnies d'éclairage électrique qui naîtront assurément sans tarder, et desquelles les premiers-Londres de nos journaux et les paniques de Bourse ne sont que des précurseurs. Tout ce que je peux dire, c'est que ceux qui adoptent cette ligne de conduite sont très-vraisemblablement dans le cas d'en avoir de très-vifs regrets. J'ai vu maintes spéculations naître et mourir. — Le gaz de tourbe. — Le gaz à l'eau. — Le gaz à l'huile. — Le " patent gas ". — L " Eupion gas ". — Tous morts! Quelques-uns de leurs promoteurs logés sous bonne garde aux frais du gouvernement; d'autres auraient reçu pareille hospitalité s'ils avaient été traités suivant leurs mérites. Pour ma part, je me propose de m'en tenir au gaz Européen qui me paraît très-suffisamment solide pour moi.

Nous extrayons des *Annales des ponts et chaussées*, tome XII, un chapitre d'un mémoire de M. Malézieux sur l'éclairage électrique; ce travail remarquable a le double avantage, au point de vue qui nous occupe, d'être fait par un ingénieur distingué et complétement désintéressé dans la question.

<h2 style="text-align:center">§ 3</h2>

Comparaison de l'éclairage électrique et de l'éclairage au gaz

Rien de plus naturel que de prendre l'éclairage au gaz comme terme de comparaison, si l'on veut apprécier la valeur industrielle de la lumière électrique; mais il ne *faut pas se borner à comparer les chiffres* de dépense : on doit aussi, et avant tout, examiner jusqu'à quel point et dans quelles conditions le nouveau mode d'éclairage pourrait remplacer l'ancien. Nous n'aborderons le point de vue financier qu'après le point de vue technique.

I. — COMPARAISON TECHNIQUE

S'il était nécessaire de poser dogmatiquement les principes d'un bon éclairage, nous pourrions renvoyer à l'un des maîtres les plus incontestés de la science moderne; nous pourrions citer deux mémoires que Lavoisier (1) présentait, il y a un siècle, à l'Académie des Sciences, l'un sur « les différents moyens qu'on peut employer pour éclairer une « grande ville », l'autre sur « la manière d'éclairer les salles de spec- « tacle (2) ». Mais nous nous contenterons ici d'analyser directement la question spéciale qui nous occupe.

Deux traits caractérisent au premier coup d'œil l'éclairage électrique : le vif éclat de la lumière, et, par suite, la nature des ombres portées. Les rayons directs sont intolérables pour la vue. Quant aux ombres, elles sont si singulièrement noires que des ouvriers y ont vu souvent, sur les chantiers, comme des trous qui semblaient s'ouvrir subitement à côté d'eux. Lors d'expériences faites à diverses époques à Paris, sur la voie publique, les chevaux s'en effarouchaient.

(1) Né en 1743, mort sur l'échafaud en 1794.

(2) Voir le tome III des *Œuvres de Lavoisier*, imprimées à l'Imprimerie nationale et publiées aux frais de l'État en 1865.

On remédie aisément au trop vif éclat de la lumière. On y remédie, d'une part, en faisant traverser aux rayons plongeants un verre dépoli; d'autre part, en s'abstenant d'employer les abat-jour ordinaires et ne tirant qu'un faible profit des rayons dirigés vers le ciel. Le but est donc atteint, mais il l'est au prix d'un sacrifice équivalant à un cinquième au moins des rayons émis. Une lampe électrique de 100 becs Carcel se trouve ainsi réduite à 80 becs au plus de lumière utilisable.

En ce qui concerne les ombres, il y a aussi un procédé bien simple pour les atténuer aussi complétement qu'on le désire : c'est de multiplier les points lumineux, de façon à éclairer les diverses faces de tout objet qu'on veut rendre bien visible. Mais la lumière électrique, dans l'état actuel des moyens de production, se prête mal à cette division : elle ne se fractionne réellement pas au-dessous de 100 becs; c'est là, jusqu'à nouvel ordre, la véritable unité de lumière électrique. Le nombre des lampes s'en trouve naturellement restreint : on n'en a pas encore employé plus de quatre à l'éclairage d'un même local. — Ce moyen usuel d'adoucir au moins les ombres ne s'appliquant que dans une mesure aussi insuffisante, on en a cherché un autre dans l'élévation des lampes au-dessus du sol. Elles sont à plus de 6 mètres de hauteur dans l'atelier de MM. Sautter et Lemonnier ; elles étaient à 9 ou 10 mètres dans la gare du Nord et à 14 mètres dans la gare de l'Est. Là lumière arrivant de haut en bas, les ombres n'en sont pas moins denses, mais elles sont moins allongées.

Voilà donc le second inconvénient, sinon corrigé, du moins atténué; mais à quel prix ? En est-on quitte pour l'embarras de n'accéder aux foyers lumineux qu'à l'aide d'escaliers ou d'échelles ? — Nous allons faire voir que cette élévation inusitée des appareils d'éclairage, combinée avec leur grand espacement horizontal, se traduit par une deuxième et considérable diminution de l'intensité lumineuse.

Il importe de bien s'entendre ici sur les mots et sur les choses, et nous présenterons dans ce but quelques observations préliminaires.

L'intensité d'une lumière, telle qu'on l'évalue et qu'on la chiffre à l'aide du photomètre, ce n'est pas la somme de lumière émise, le nombre total des rayons qui, s'éparpillant à mesure qu'ils s'éloignent du foyer, éclairent au même degré toutes les portions de chaque enveloppe sphérique dont ce foyer occuperait le centre. L'intensité d'un foyer lumineux, c'est autre chose : c'est la quantité de lumière qu'en recevrait l'unité de surface placée à l'unité de distance, la lampe Carcel étant prise pour unité. D'autre part, le degré d'éclairage, en un point donné de l'espace, a pour expression la quantité de lumière qu'y reçoit l'unité de surface, un décimètre carré par exemple.

Cette quantité varie, en tant qu'elle provient d'un foyer lumineux donné, en raison inverse du carré de la distance que la lumière a parcouru. Conséquemment, pour qu'elle soit la même, pour que le degré d'éclairage soit le même quand il y a deux foyers lumineux, il faut que les intensités N et n de ces foyers soient entre elles comme les carrés des distances, D et d. On a, en un mot, la proportion

$$N : n : : D^2 : d^2.$$

Pour fixer les idées, faisons N $= 80$ becs Carcel.

Jusqu'à quelle distance une pareille lampe éclairerait-elle autant qu'un bec Carcel placé à 1 mètre? Si l'on fait $n = 1$ et $d = 1$, il vient

$$D = \sqrt{80} = 9^m.$$

Que deviendrait ce champ d'éclairage si l'on se contentait d'un éclairage grossier, tel que celui d'un bec Carcel placé à 5 mètres? Si l'on fait $n = 1$ et $d = 5$, il vient

$$D = d \sqrt{N} = 45^m.$$

Si la distance diminue de moitié, dans quelle proportion la valeur intrinsèque du foyer lumineux pourrait-elle se réduire sans que son intensité relative change? Faisant $d = \dfrac{D}{2}$ on obtient :

$$n = N \frac{d^2}{D^2} = \frac{1}{4} N.$$

Ainsi une lampe de 20 becs équivaudra, dans cette hypothèse, à une de 80 qui serait deux fois plus éloignée des objets à éclairer.

Ceci bien entendu, comment se pose, dans la pratique, un problème d'éclairage pour un chef d'industrie qui tient à se rendre compte de ce qu'il fait? Se demande-t-il *a priori* quelle est la somme totale de lumière à produire pour l'éclairage d'un local donné, et si cet éclairage exige l'équivalent de 2, 3 ou 4 centaines de becs Carcel? Rien n'est plus éloigné de sa pensée. Il a en vue un certain nombre d'hommes qui doivent travailler dans ce local et y exécuter des opérations diversement assujettissantes. On peut supposer qu'ils seront groupés, debout ou assis, autour de tables circulaires éclairées par une lumière centrale. En faisant varier le diamètre des tables, on assurera à chaque ouvrier le degré d'éclairage dont il a besoin. Si, d'ailleurs, certains points sont éclairés davantage, les rayons surabondants seront considérés comme perdus, car nous excluons l'hypothèse d'un luxe intentionnel d'éclairage ; ou, plus exactement encore, ces rayons supplémentaires qui s'imposeraient par places (comme il arrive avec la lumière électrique), contrariant la perception visuelle des objets compris dans une clarté moins vive, seraient de nature à gêner et fatiguer la vue. Mais n'insistons pas sur cet inconvénient spécial de l'inégalité d'éclairage. Bornons-nous à dire que les objets considérés comme *éclairés* seront ceux qui recevront, au moins par unité de surface, la quantité de lumière convenue et définie par le programme.

Susceptible de se fractionner indéfiniment, la lumière du gaz permet, tout en se pliant aux besoins les plus complexes des ateliers, de réduire à des minima ces distances qui modifient si gravement l'intensité utile des foyers lumineux. La lumière électrique, au contraire, a ses exigences, auxquelles il faut que l'industrie se soumette : c'est à prendre ou à laisser. Très-peu nombreux, ses appareils sont nécessairement très-espacés, et comme on les élève en même temps, ils se trouvent relativement fort éloignés des objets à éclairer. Par suite, le nombre des rayons qu'ils envoient sur un point donné, sur 1 décimètre superficiel donné, se trouve relativement restreint. Prenons un exemple : si les lanternes à gaz de Paris étaient placées à la hauteur non pas du premier étage, mais du cinquième (à 17^m au lieu de 3^{m}40), leur intensité relative serait 25 fois plus faible; que deviendrait alors l'éclairage des rues? Et pourtant la quantité de lumière émise n'aurait pas changé.

Pour conclure, nous aurions à rechercher quelle est, en fait, la distance moyenne des lampes électriques aux objets à éclairer dans les salles d'ateliers ou autres, ou plutôt quel est le rapport de cette distance à celle qui est usitée dans l'éclairage au gaz. Mais on ne pourrait guère répondre à une question aussi générale, et nous nous bornerons à dire que l'hypothèse, ci-dessus faite, du simple au double, nous paraît être plutôt au-dessous qu'au-dessus de la réalité, plutôt favorable que défavorable à l'éclairage électrique dans les applications effectuées jusqu'ici.

En résumé donc, ayant égard à l'absorption partielle de la lumière par les verres dépolis et à la perte qui résulte de l'éloignement des lampes, on pourrait, dans les circonstances ordinaires, éclairer au même degré, c'est-à-dire doter l'unité de surface d'une même quantité minimum de lumière, en demandant au gaz $\frac{1}{5}$ ou 20 pour 100 environ de la lumière produite par l'électricité : 20 becs Carcel de lumière de gaz équivaudraient, pour l'intensité totale utilisable, à 100 becs de lumière électrique.

Des différents faits constatés et consignés au § 2 de la présente étude, nous n'en voyons pas un seul qui infirme cette appréciation, un peu hypothétique pourtant, de l'amoindrissement que subit la lumière électrique quand on l'applique à un éclairage ordinaire. Sans avoir vu la halle de fonderie de MM. Heilmann-Ducommun à Mulhouse, nous serions surpris qu'elle ne pût pas être convenablement éclairée par 80 becs Bengel dépensant chacun 105 litres de gaz à l'heure. Nous supposons aussi que 60 becs de gaz suffiraient à l'éclairage de l'atelier de MM. Sautter et Lemonnier. Quant à la salle des bagages du chemin de fer du Nord, nous n'en sommes pas réduit à des suppositions, et l'exemple est asséz significatif pour qu'on s'y arrête.

C'est un fait qu'après avoir essayé d'éclairer cette salle avec une lampe unique de 150 becs, on a dû recourir à deux lampes de 100 becs chacune. Si l'on eût commencé par cet éclairage électrique et qu'on s'en fût tenu là, on alléguerait peut-être que l'éclairage au gaz, exigeant aussi 200 becs de lumière émise, eût coûté plus cher que l'autre. Mais il y a un second fait, aussi patent que le premier : c'est que depuis bien des années l'éclairage au gaz existe, qu'il fonctionne publiquement à la satisfaction commune de la Compagnie du chemin de fer du Nord et du public, et qu'il n'emploie pourtant que 37 becs Carcel de lumière divisée entre 28 appareils spéciaux. Cet éclairage au gaz, qu'il serait si facile d'accroître ou de réduire, donnant incontestablement la mesure exacte de ce que les besoins du service réclament, il s'ensuit que la fraction des rayons électriques qui, dans l'expérience faite, se trouvait absorbée avant d'arriver à destination ou perdue par le fait d'une distribution dont on n'est pas maître, s'élevait précisément aux quatre cinquièmes de la lumière émise par les deux lampes. En d'autres termes, *chaque lampe électrique remplaçait 20 becs de gaz.*

Cet exemple nous paraît très-net. Il met clairement en évidence l'erreur qui consiste à comparer les frais des deux modes d'éclairage dans l'hypothèse d'une égale quantité de lumière produite, en fixant arbitrairement cette quantité au chiffre fortuit qui correspond à l'intensité totale des lampes électriques, et en ne tenant compte ni de la façon dont la lumière sera distribuée, ni de la distance fort inégale qui existera entre les foyers lumineux et les objets à éclairer, ni enfin de l'affaiblissement causé par les verres dépolis.

Ajoutons quelques mots encore en vue de la comparaison technique.

Nous rappellerons, sans y insister, que la lumière électrique, même adoucie, produit sur les yeux une impression insolite, un malaise attribué à sa couleur bleuâtre (d'autres disent verdâtre), aux rayons ultra-violets qu'elle contient en plus grand nombre que la lumière solaire. Ce défaut, du reste, sera peut-être un jour corrigé par l'interposition de globes convenablement colorés.

Il sera probablement plus difficile d'amortir le ronflement qui, dans toutes les machines, accompagne la production de l'électricité, et qui, en couvrant partiellement la voix, peut être gênant dans certaines circonstances.

Il est un autre inconvénient que tous les témoignages s'accordent à signaler, c'est l'irrégularité de la lumière. On l'attribue à peu près exclusivement au défaut d'homogénéité des charbons. Il y aurait probablement, si nous avons bien compris M. Gramme, un autre moyen d'approcher du but : ce serait de ne pas lésiner sur la force motrice et d'employer des machines telles qu'elles puissent, avec une puissance de rotation restreinte, et sans atteindre la limite de leur puissance effective, donner aux lampes l'intensité voulue. — On peut se demander encore si les variations de cette intensité ne tiendraient pas, pour une petite part, à des variations de vitesse de l'anneau, et celles-ci aux oscillations qui sont, comme chacun sait, inhérentes à la marche des moteurs à vapeur. Cette dépendance peut, en tous cas, faire craindre pour la machine Gramme un autre inconvénient, à savoir un développement anormal de chaleur, susceptible de détruire les matières isolantes qui entourent les fils de cuivre; c'est un point qui ne paraît pas être encore absolument tiré au clair.

Une dernière condition fondamentale d'un bon éclairage, c'est la facilité d'installation, d'entretien et de surveillance des appareils, l'allumage et l'extinction des feux. Or les lampes électriques, comme nous l'avons dit, ne sont généralement accessibles qu'au moyen d'escaliers ou d'échelles; et si l'on peut, par la simple manœuvre d'un commutateur, établir ou interrompre le courant, l'allumage (avec le règlement ultérieur de l'écart entre les charbons et la surveillance des régulateurs imparfaits) n'en reste pas moins une petite opération qui ne peut être accomplie que par un ouvrier de choix. Rien de pareil pour le gaz : on sait avec quelle facilité il se fixe aux murailles ou se suspend aux plafonds; on sait comment il s'allume ou s'éteint (1). Il y a là, enfin, entre les deux modes d'éclairage, une différence de maniement si profonde, tant de simplicité d'un côté, tant de sujétions de l'autre, que, — n'y eût-il pas d'autre avantage pour le gaz, — le choix à faire ne nous paraît pouvoir être que dans des cas exceptionnels subordonné à une comparaison des dépenses.

II. — COMPARAISON FINANCIÈRE

La production de la lumière est une question, l'éclairage en est une autre; il ne faut pas confondre le moyen avec la fin. Aussi M. Tresca, dans son compte rendu du 31 janvier (2), n'a nullement entendu comparer les frais d'éclairage. L'honorable académicien n'a même pas comparé les frais de combustible. Et encore ne l'a-t-il fait que pour une machine Gramme d'intensité tout à fait exceptionnelle, celle de 1,850 becs, qui fournit une quantité déterminée de lumière beaucoup

(1) En Amérique, dans toutes les chambres d'hôtel, qu'elles soient pourvues de becs isolés ou de lustres, le gaz est entièrement laissé à la disposition de tous les voyageurs. Dans les salons de New-York, grâce à de longs tubes de caoutchouc, les lampes à gaz se promènent d'un guéridon à un autre.

(2) *Comptes rendus de l'Académie des Sciences*, tome LXXXII, n° 5, p. 299.

plus économiquement que les machines de 100 becs. — Comme les frais de combustible ne sont pas, entre le gaz et l'électricité, proportionnels aux frais de l'éclairage, il s'ensuit que le rapprochement de chiffres dont il s'agit, intéressant au point de vue théorique, n'impliquait pas la conclusion pratique qu'on a cru y voir.

Nous allons donc, en reprenant les chiffres de M. Tresca, compléter l'estimation de la dépense, par heure d'éclairage, dans l'un et l'autre système. Nous examinerons huit cas différents : ceux d'un espace éclairé par 1, 2, 3 ou 4 lampes électriques de 100 becs chacune, les machines Gramme étant actionnées soit par le moteur d'une grande usine, soit par un moteur spécialement installé pour le service de l'éclairage, bien que cette hypothèse d'un moteur spécial n'ait encore été réalisée nulle part (que nous sachions), si ce n'est dans les phares. Pour chacun de ces huit cas, nous déterminerons successivement, savoir : 1° en ce qui concerne la force motrice, sa valeur en chevaux-vapeur, la quantité et le prix de la houille brûlée par heure, enfin les frais de conduite du moteur ; — 2° en ce qui concerne les appareils électriques, la valeur des prismes de charbon consommés et les frais de surveillance ; — 3° enfin la somme à compter par heure d'éclairage pour l'intérêt et l'amortissement des frais de premier établissement.

Indiquons d'abord les bases de l'estimation, de manière à n'avoir plus qu'à grouper dans un tableau les résultats calculés.

1° DÉPENSES DE L'ÉCLAIRAGE ÉLECTRIQUE

Force motrice. — Si l'on réunit, relativement à la force motrice, les résultats indiqués par M. Tresca et ceux fournis pour la gare du Nord, on obtient le tableau suivant :

INTENSITÉ de LA LUMIÈRE en BECS CARCEL	NOMBRE DE TOURS de la bobine centrale PAR MINUTE	TRAVAIL en kilogrammètres PAR SECONDE		FORCE DÉPENSÉE EN CHEVAUX-VAPEUR	
		pour la LUMIÈRE TOTALE	par 100 BECS	pour la LUMIÈRE TOTALE	par 100 BECS
1.850	1.274	576 12	31	7 68	0 415
300	872	210 65	70	2 81	0 937
150	800	187 50	125	2 3	1 67
100	800	180 »	180	2 4	2 4
50	1.650	165 »	330	2 2	4 4

Désirant tout interpréter au mieux pour l'éclairage électrique, nous supposerons qu'une lampe de 100 becs exige, en marche normale, une force de 2 chevaux seulement (au lieu de 2, 4). Mais nous compterons moitié en sus, et dans tous les cas, pour la mise en train; car le supplément de force qu'elle emploie peut créer une gêne momentanée quand on l'emprunte à un moteur préexistant, à un moteur commun dont les excédants ne sont pas toujours disponibles. Les dépenses courantes n'en sont d'ailleurs augmentées que d'une quantité insignifiante et négligeable.

Nous supposons (comme M. Tresca) que la consommation de houille par heure et par force de cheval serait de 4 kilog., au moins pour les petites machines spéciales; mais nous la réduisons à 1 kil. 50 pour les moteurs communs, admettant que ceux-ci sont des machines perfectionnées, telles qu'on peut les construire aujourd'hui, des machines Corliss par exemple (1).

La houille est estimée au prix de Paris, 30 francs la tonne.

Pour l'emprunt fait aux moteurs communs, nous imputons au compte de l'éclairage, comme frais de premier établissement, une part estimée à 1,000 francs par force de cheval. Quant aux frais de conduite du moteur, nous en affranchissons l'éclairage.

Pour l'établissement de machines spéciales de 3, 4, 6 et 8 chevaux, nous comptons respectivement 1,500, 1,400 1,300 et 1,200 francs par force de cheval. Pour la conduite de la machine et les menus frais d'entretien courant, nous comptons 0 fr. 60 par heure.

Appareils électriques. — Pour la dépense des charbons polaires, nous portons 0^m12 à 1 fr. 75, prix actuel de ces charbons, soit 0 fr. 21 par heure et par lampe. (M. Tresca compte 0 fr. 20, p. 305 du *Compte rendu.*)

Quel que soit le nombre des lampes desservies chacune par une machine Gramme, nous portons 0 fr. 40 pour le salaire de l'ouvrier chargé de les surveiller en même temps que les machines d'induction.

Intérêt et amortissement des frais d'installation. — Nous portons ici une annuité moyenne de 10 p. 100, appliquée aux frais d'installation du moteur, des machines Gramme et des régulateurs Serrin, en la répartissant (en vue des ateliers industriels) sur une durée présumée de 500 heures d'éclairage par an.

2° DÉPENSES DE L'ÉCLAIRAGE AU GAZ

Conformément à ce qui a été dit précédemment, nous admettons qu'il faille fournir en lumière de gaz, pour chaque lampe électrique de 100 becs, l'équivalent de 20 becs Carcel.

----

(1) Les lecteurs des *Annales* connaîtront bientôt, s'ils ne le connaissent déjà, ce nouveau fleuron ajouté à la couronne des ingénieurs américains par M. George H. Corliss, de Providence (Rhode-Island).

En face d'un programme précis, et notamment d'un plan détaillé du local à éclairer, on rechercherait le nombre et la forme des becs à employer pour la combustion du gaz. On pourrait adopter 20 becs Bengel consommant chacun 105 litres par heure. Mais si l'on ne tenait pas à avoir 20 points lumineux indépendants les uns des autres, il serait préférable d'employer des becs consommant 150 ou 200 litres ; pourvu que le brûleur y fût bien adapté, le pouvoir éclairant croîtrait plus vite que la consommation, et les frais d'installation diminueraient avec le nombre des becs. Néanmoins, pour simplifier la discussion, nous supposerons qu'on n'emploie que des becs de 105 litres.

Le prix du gaz est de 0 fr. 30 par mètre cube à Paris, comme à Nantes, à Toulouse, à Strasbourg. (Aux États-Unis, en 1870, il était presque partout compris entre 0 fr. 45 et 0 fr. 90.) Il s'agit, bien entendu, du prix que les particuliers payent aux compagnies concessionnaires, car ce prix est réduit à moitié dans les grandes villes de France pour l'éclairage des rues, des places et des établissements publics.

Les frais d'installation des appareils de gaz, dans les villes où la canalisation est faite, et pour les établissements industriels, paraissent pouvoir être évalués à 30 fr. par bec. Cependant nous comptons 40 francs, prix considéré comme une moyenne pour les maisons de Paris. Et bien qu'une annuité de 10 pour 100 soit excessive ici pour l'intérêt et l'amortissement, nous porterons 4 francs par an et par bec, soit 8 millimes par heure d'éclairage.

Nous comptons 1 millime par bec et par heure pour frais d'entretien, d'allumage et d'extinction.

Dans ces conditions, l'éclairage au gaz coûte 4 centimes par bec et par heure aux particuliers ; il n'en coûterait que 2 ½ s'il s'agissait d'une affaire municipale.

L'application des bases qui précèdent conduit aux résultats consignés dans les deux tableaux suivants :

DÉPENSE DE L'ÉCLAIRAGE ÉLECTRIQUE PAR HEURE

	1 LAMPE DE 100 BECS MOTEUR		2 LAMPES DE 100 BECS MOTEUR		8 LAMPES DE 100 BECS MOTEUR		4 LAMPES DE 100 BECS MOTEUR	
	commun	spécial	commun	spécial	commun	spécial	commun	spécial
Force motrice requise pour la marche normale	2ch	2ch	4ch	4ch	6ch	6ch	8ch	8ch
Force motrice requise pour la mise en train	3	3	6	6	9	9	12	12
Consommation de houille en marche normale	3x	3k	6k	16k	9k	21k	12k	32k
1° Dépenses courantes par heure.	fr.	fr.	fr.	fr.	fr.	fr.	fr.	fr.
Valeur de la houille brûlée	0 09	0 24	0 18	0 48	0 27	0 72	0 36	0 96
Conduite et surveill. du moteur, y compris huile, chiffons, etc.	»	0 60	»	0 60	»	0 60	»	0 60
Dépense des charbons polaires	0 21	0 21	0 42	0 42	0 63	0 63	0 84	0 84
Surveillance des machines Gramme et des lampes électriques	0 40	0 40	0 40	0 40	0 40	0 40	0 40	0 40
Total des dépenses courantes	0 70	1 45	1 00	1 90	1 40	2 35	1 60	2 80
2° Frais de premier établissement.								
Moteur	2.000	4.500	4.000	8.400	6.000	11.700	8.000	14.400
Machines Gramme	1.500	1.500	3.000	2.600	4.500	4.500	6.000	6.000
Régulateurs Serrin, conducteurs, etc.	1.000	1.000	2.000	2.000	3.000	3.000	4.000	4.000
Total des frais de premier établissement	4.500	7.000	9.000	13.400	13.500	19.200	18.000	24.400
Intérêt { par année, 10 p. 100	500	700	900	1.340	1.350	1.920	1.800	2.440
et amortissement { $\frac{1}{540}$. par heure d'éclairage	0 90	1 40	1 80	2 68	2 70	3 84	3 60	4 88
Rappel des dépenses courantes	0 70	1 45	1 00	1 90	1 30	2 35	1 60	2 80
Total général	1 60	2 85	2 80	4 58	4 00	6 19	5 20	7 68
Rapport de la dépense de combustible à la dépense totale	0 056	0 084	0 064	0 104	0 068	0 117	0 069	0 125
Rapport des dépenses courantes à la dépense totale	0 437	0 508	0 357	0 415	0 325	0 330	0 307	0 364
Dépense par lampe de 100 becs	1 60	2 85	1 40	2 29	4 33	2 06	1 30	1 92

TABLEAU COMPARATIF DES DÉPENSES DES DEUX MODES D'ÉCLAIRAGE

	1 LAMPE		2 LAMPES		3 LAMPES		4 LAMPES	
	MOTEUR		MOTEUR		MOTEUR		MOTEUR	
	commun	spécial	commun	spécial	commun	spécial	commun	spécial
	fr.	fr.	fr.	fr.	fr.	fr.	fr.	fr.
1° _Éclairage électrique._								
Dépenses courantes............	0 70	1 45	1 »	1 90	1 30	2 35	1 60	2 80
Intérêt et amortissement........	0 90	1 40	1 80	2 68	2 70	3 84	3 60	4 88
Total........	1 60	2 85	2 80	4 58	4 »	6 19	5 20	7 68
2° _Éclairage au gaz._	fr.		fr.		fr.		fr.	
Dépenses courantes............	0 65		1 30		1 95		2 60	
Intérêt et amortissement........	0 16		0 32		0 48		0 64	
Total........	0 81		1 62		2 43		3 24	

Nous n'ajouterons que quelques observations sommaires sur ces deux tableaux.

En ce qui concerne l'éclairage électrique, la dépense de houille ne constitue qu'une faible partie de la dépense totale, soit, dans les huit cas successivement examinés : 6 et 8, 6 et 10, 7 et 12, 7 et 13 pour 100.

Les frais d'installation doublent et au delà le montant des dépenses courantes. Et cependant nous n'avons supposé qu'une seule machine à vapeur, quel que soit le nombre des lampes, comme nous n'avons supposé par lampe qu'un seul régulateur Serrin et une seule machine Gramme. Or, dans la plupart des industries il serait imprudent de ne pas faire, au moins en partie, ce qu'on a fait aux phares de la Hève, de ne pas doubler le nombre des machines et appareils nécessaires, afin d'en avoir de rechange pour les accidents et les réparations. Mais, d'autre part, le nombre d'heures de l'éclairage annuel pourrait excéder 500.

La dépense se réduit presque à moitié quand on peut faire actionner les machines Gramme par un puissant moteur d'usine. La réduction serait même plus considérable si l'on disposait d'un moteur hydraulique.

Évaluée par lampe de 100 becs, la dépense décroît naturellement quand le nombre des lampes augmente : elle décroît de 1 fr. 60 à 1 fr. 30 dans un cas, et de 2 fr. 85 à 1 fr. 92 dans l'autre.

Quant à la dépense correspondante de l'éclairage au gaz, elle est dans tous les cas de 0 fr. 81. Elle varie de 28 à 62 pour 100 de l'autre, suivant les cas; elle est moitié moindre environ.

On peut toutefois supposer : 1° qu'on arrive à réduire les frais de production de la lumière électrique à 1 franc par lampe; 2° que l'éclairage à réaliser soit assez simple pour que chaque lampe puisse remplacer 25 becs de gaz (au lieu de 20) à 4 centimes l'un. Dans cette double hypothèse, les dépenses seraient égales.

En résumé, les détails qui précèdent permettent de raisonner à deux points de vue très-différents.

Se propose-t-on de produire de la lumière en quantité considérable, disproportionnée avec les besoins ordinaires, — les besoins actuels tout au moins, — de l'industrie et de la civilisation? L'électricité est sans contredit plus économique que le gaz.

Mais s'il s'agit de pourvoir aux conditions nécessaires et suffisantes d'un bon éclairage, la question de dépense, — indépendamment de bien d'autres considérations, — ne peut que très-exceptionnellement se résoudre à l'avantage de l'électricité.

Suivant qu'on choisira le programme de fantaisie ou le programme pratique, la réponse nous paraît résulter nettement des chiffres ci-dessus établis.

5 Octobre 1877.

Nous avons à répondre aujourd'hui à la lettre que M. H. Fontaine nous a fait l'honneur de nous écrire, et que nous avons publiée dans notre dernier numéro, et nous avons le regret de ne nous trouver d'accord avec lui que sur un point, celui où il « reconnaît hautement la supériorité du gaz dans la plupart des applications. »

M. Fontaine déclare qu'en parlant d'un bec de gaz, il entend en effet la lumière produite par un bec consommant 140 litres à l'heure. Or, nous avions dit que 3,000 becs de gaz, éclairant la moitié de la nef du Palais de l'Industrie, équivaudraient à 1 bec pour 2 mètres carrés, ce qui est un éclairage à giorno, et notre honorable contradicteur répond « qu'il ne s'agit pas d'éclairer une surface de 2 mètres carrés, mais un volume de 50 mètres cubes par bec de gaz, ce qui est très-différent. » Cela serait très-différent, en effet, si l'on pouvait éclairer un volume, mais on n'éclaire jamais que des surfaces, la lumière n'étant perceptible à nos sens que lorsqu'elle se réfléchit sur une surface, ou lorsqu'elle frappe directement la rétine de l'œil; nous ne pouvons donc que maintenir ce que nous avons avancé. Quant à faire l'essai comparatif de l'éclairage du Palais de l'Industrie, moitié par le gaz et moitié par l'électricité, nous ne sommes malheureusement pas maîtres d'accepter le défi tel qu'il est présenté, et d'ailleurs les gaziers ne sont pas dans la triste nécessité de faire de tels essais gratuitement; de semblables dépenses ne sont pratiques que pour une industrie qui n'a pas fait ses preuves, et le gaz a fait les siennes. Nous aurons, d'ailleurs, dans le courant de cet article, occasion de parler d'une expérience tout à fait analogue à celle que nous demandions, et qui nous donne gain de cause. M. Fontaine est libre d'en faire une semblable, et nous lui indiquerons même un établissement très-convenable à cet effet : c'est le Cirque.

La moitié d'une représentation pourrait être éclairée par le gaz, et l'autre moitié par l'électricité, ce qui permettrait (entre parenthèses) de ne pas changer les crayons électriques dans le cours du spectacle. Ce serait une attraction pour le public et une expérience faite certainement dans les conditions les plus favorables pour l'éclairage électrique.

M. Tresca, de l'Institut, a trouvé, dit M. Fontaine, qu'avec une machine Gramme, exigeant moins de 8 chevaux de force, on produisait 1,850 becs. Ce chiffre est indiqué précisément dans le travail de M. Malézieux, que nous avons publié dans le numéro même qui contient la lettre de M. Fontaine. Mais le mémoire de M. Tresca renferme un chiffre non moins intéressant : c'est qu'une machine Gramme, produisant seulement 300 becs, exige 2,8 chevaux de force. Or, M. Fontaine ne disposait, d'après son dire, que de 30 chevaux de force, répartis entre 12 lumières ; nous en concluons que chaque lumière, exigeant $\frac{30}{12} = 2,5$ chevaux, ne devait pas avoir une intensité supérieure à 300 becs, soit, pour les douze, 3,600 becs, ce qui ne fait qu'un peu plus de moitié des 6,000 becs annoncés.

Si l'expérience faite au milieu du café des Ambassadeurs a démontré que la lumière par mètre carré n'y était pas le quart de celle obtenue électriquement au palais de l'Industrie, nous voudrions bien voir cette expérience, ou au moins savoir comment elle a été faite, car, dans une discussion de cette nature, une affirmation n'est pas suffisante.

Le calcul que fait ensuite M. Fontaine pour établir « que « l'électricité coûterait 12 fois meilleur marché que le gaz tout « en donnant une lumière 2 fois plus intense » est tout à fait fantaisiste, et, pour en rétablir l'exactitude, nous répéterions ce que nous avons dit dans nos précédents articles. Nous nous bornerons donc à exprimer notre étonnement que le palais de l'Industrie ne soit pas éclairé d'une manière définitive par l'électricité, si le calcul de M. Fontaine est exact et qu'il puisse se charger de fournir la valeur de 12,000 becs (nous disons bien douze mille becs) pour la modique somme de 20 francs par heure.

MM. Denayrouse et Jablochkoff ont bien voulu nous convier à une de leurs séances de l'avenue de Villiers et nous ont donné les explications les plus minutieuses sur leur système ; M. Denayrouse a discuté avec nous, et avec une courtoisie parfaite, les critiques que nous nous étions permises, et que nous ne regrettons pas puisqu'elles nous ont donné l'occasion de faire plus ample connaissance avec lui, et que cela nous permet même, non pas de rectifier une erreur du travail de M. Malézieux, mais d'atténuer les conséquences, déduites des ses calculs, de l'influence de la hauteur à laquelle les lampes électriques doivent être placées. Le système Jablochkoff permettant, en effet, d'obtenir des lumières moins intenses, et d'en produire quatre sur le même courant, on peut les rapprocher du sol, et la perte résultant de la distance se trouve ainsi atténuée. Mais c'est là tout ce que nous pouvons concéder, et, après une longue conférence, nous sommes restés les uns et les autres avec nos convictions, comme il arrive dans les discussions politiques ou religieuses. Seulement, dans le domaine scientifique et industriel, le public est notre souverain juge ; il assiste muet à nos débats, juge les coups, et, finalement, comme c'est lui qui paye les frais, il s'adresse là où il trouve à la fois, pour le même éclairage, la commodité et le bon marché.

Nous continuerons donc à plaider notre cause, et, pour cela, nous discuterons les expériences auxquelles nous avons assisté dans la salle de MM. Denayrouse et Jablochkoff, avenue de Villiers. Ce sont ces expériences auxquelles nous faisions allusion dans notre réponse à M. Fontaine.

Le local de l'avenue de Villiers était éclairé par sept bougies Jablochkoff (4 candélabres et un lustre de 3 bougies) entourées de globes opalins ; on a allumé alternativement ces 7 bougies et 2 lustres à gaz de 60 becs, soit un total de 120 becs, et nous avons constaté une légère supériorité du gaz ; nous admettons l'égalité.

Posons donc 7 bougies Jablochkoff = 120 becs de gaz de 120 litres.

Pour actionner les 7 bougies électriques, on employait :

6 chevaux-vapeur, coût.	6.000 fr.
2 machines de l'Alliance.	12.000
Total. . .	18.000

Dont l'intérêt et l'amortissement à 15 0/0 l'an font 2,700 fr. qui, divisés par 1,500 heures d'éclairage, donnent 1 fr. 80 par heure.

Le prix de revint s'établit donc comme suit :

Houille pour la machine, 50 kil. à 30 fr. . 1 50 par heure.
Mécanicien. . . . . 0 75 —
Bougies électriques. . . . . 3 » —
Intérêt et amortissement. . . . . 1 80 —
                                    Total. 7 05

Nous ne comptons pas l'eau pour la machine, qui coûte assez cher à Paris, non plus que la location du local nécessaire pour l'emplacement de la machine à vapeur et des machines magnéto-électriques.

Les 120 becs de gaz à 120 litres par heure donnent 14 m. c. 400 qui, à 0 fr. 30 le mètre cube, font. 4 32
          Différence en faveur du gaz. 2 73

Nous n'avons pas parlé des fils électriques d'un côté ni de la plomberie du gaz de l'autre, parce que ces dépenses sont à peu près identiques (les fils électriques coûtant 5 fr. par mètre courant, aller et retour).

— Des expériences publiques ont lieu en ce moment sur la place de l'Opéra les jours de représentation. On a substitué aux deux torchères et à la lanterne supérieure de chacun des deux candélabres placés sur le trottoir de la façade de l'Opéra, trois globes lumineux semblables à ceux employés dans la salle d'expériences de l'avenue de Villiers. L'effet est loin de répondre à l'attente du public, qui s'imaginait voir la façade de l'Opéra splendidement éclairée ; cet effet est nul sur le bâtiment. Quant au trottoir, il est évidemment mieux éclairé puisqu'il y a une somme de lumière plus grande que celle des becs de gaz remplacés, mais on obtiendrait certainement le même résultat avec un nombre de becs correspondant ; il n'y a donc là qu'une question de prix de revient.

Or, l'ensemble des trois globes électriques nécessite une

machine de l'Alliance à 6 disques et une force d'environ deux chevaux-vapeur et demi.

Nous avons pu évaluer l'intensité lumineuse de chaque globe, avec un photomètre de poche, à environ 25 à 30 lampes carcel. Il faut donc, pour obtenir l'éclairage de 75 à 90 becs carcel, une machine magnéto-électrique de 7,000 francs, deux chevaux-vapeur et demi, et une dépense de bougie d'au moins 2 francs par heure.

La différence de teinte de la lumière électrique et du gaz est encore accentuée par la différence des globes. Ceux qui entourent les bougies Jablochkoff sont en opale blanche, tandis que ceux qui enveloppent le gaz sont en verre dépoli et fuligineux. En remplaçant les becs de gaz actuels par un nombre suffisant de becs assez puissants, et entourés de globes en opale, on obtiendrait certainement un éclairage plus satisfaisant et moins coûteux.

— Nous avons enfin à donner quelques détails sur les essais faits à la gare de Lyon, et aujourd'hui suspendus. Nous avons dit, dans notre précédent numéro, que cet éclairage était desservi par des machines dynamo-électriques du système Lontin. Ces machines étaient au nombre de deux, actionnées par un moteur à vapeur. La vapeur était fournie par une locomotive Crampton, installée sur la voie. L'éclairage se composait de 24 lampes, savoir :

15 dans la grande halle, dont 6 sur le quai de départ, 6 sur le quai d'arrivée et 3 au milieu des voies ;

4 dans la salle de distribution des billets ;

2 dans la salle d'enregistrement des bagages ;

et 3 dans la salle d'arrivée des bagages.

L'essai avait lieu dans les conditions suivantes : La Compagnie de Lyon fournissait la vapeur nécessaire au moteur, et la Société Lontin les machines et les lampes ainsi que leur entretien. Nous n'avons pas à décrire la machine dynamo-électrique de M. Lontin, dont on trouvera la description dans les *Annales du génie civil* (mars 1877) (1). Nous dirons seulement que la salle des machines disposées dans la gare de Lyon comprenait une

(1) Chez E. Lacroix, éditeur, 52, rue des Saints-Pères.

machine excitatrice à courants continus actionnant deux machines dynamo-électriques à courants alternatifs. Chaque machine alimentait douze lampes pour 6 courants, ce qui représente deux lampes sur un seul courant; M. Lontin est parvenu à faire fonctionner deux régulateurs Serrin modifiés sur un même courant, et il peut même aller jusqu'à quatre.

Les deux machines étaient mises en mouvement par un moteur à 3 cylindres du système Flaud; les disques faisaient environ 350 tours par minute. La consommation de charbon à l'heure dans la locomotive était de 100 kilos y compris la mise en pression, ce qui équivalait à une force d'environ 30 chevaux.

Le service des machines était fait par un chauffeur pour la locomotive, un mécanicien pour la machine à vapeur, un ouvrier spécial pour les machines dynamo-électriques, et deux aides pour surveiller le fonctionnement des lampes.

Il est bon de signaler l'échauffement considérable de la machine excitatrice qu'un ouvrier était dans la nécessité d'arroser tous les quarts d'heure; cela pouvait provenir de son excès de puissance par rapport aux deux machines dynamo-électriques, l'excès d'électricité produit se convertissant en chaleur et en étincelles qui jaillissaient d'une manière continue au point de contact des collecteurs.

De la salle des Machines partaient douze fils *aller* et douze fils *retour*. Les 24 lampes étaient disposées le long des murs sur des poteaux en bois. Elles étaient munies de réflecteurs, l'un disposé au-dessus du foyer lumineux, l'autre sur le côté, de manière à renvoyer la lumière sur le sol et à empêcher la déperdition dans les parties supérieures des halles.

L'arc voltaïque était masqué à la vue par un demi-tronc de cône en opale.

Sur les 24 lampes, 12 étaient munies de régulateurs Lontin (Serrin modifié), 11 du système Suisse et un d'un nouveau régulateur horizontal qui peut fonctionner dans toutes les positions, tandis que les autres exigent une verticalité parfaite.

L'intensité lumineuse de chaque lampe pouvait être évaluée à 50 becs Carcel.

L'éclairage au gaz de la gare de Lyon est hors de proportion avec l'éclairage électrique qu'on y essayait.

En effet, dans la halle de départ, chaque lampe de 50 becs remplaçait 3 becs de gaz, et, en tenant compte de toutes les parties éclairées, on arrive à cette conclusion que 24 lampes de 50 becs, soit 1,200 becs, remplaçaient 98 becs de gaz. Dans ces conditions, il est bien évident que l'éclairage était beaucoup plus brillant, mais il nous paraît inutile d'établir, après ce qui vient d'être dit, que la dépense était incomparablement plus élevée.

— Nous terminerons ce trop long article par une considération qui ne manque pas de valeur. Dans leurs calculs, MM. les électriciens font entrer, dans le prix de revient comparatif de l'éclairage électrique et du gaz, l'intérêt et l'amortissement des installations, et, en forçant le nombre des heures d'éclairage et le prix de l'installation du gaz, ils parviennent à établir un chiffre moindre pour l'électricité que pour le gaz. Mais, en outre, leur calcul ne pourrait avoir un semblant d'exactitude que dans le cas d'un éclairage *non existant* à établir ; car lorsqu'ils veulent substituer l'éclairage électrique au gaz, il faut *additionner* l'intérêt et l'amortissement des deux systèmes, et cette somme est nécessairement plus grande que l'une des parties.

— Nous parlerions bien encore de l'éclairage de l'Hippodrome, qui est fait simultanément par 8 lampes électriques et par le gaz, mais cet éclairage est si défectueux d'un côté comme de l'autre que la comparaison n'offrirait aucun intérêt pour nos lecteurs.

---

5 Novembre 1877.

Nous avons peu de faits nouveaux à signaler au sujet de l'éclairage électrique. Nous rappellerons cependant, que dans son numéro du 14 août 1877, le *Figaro*, rendant compte des essais de l'avenue de Villiers, terminait son article par le paragraphe suivant :

« Quant au *Figaro*, qui tient à ne jamais rester en arrière, lorsqu'il se trouve en face d'un vrai progrès, il annonce dès aujourd'hui à ses lecteurs que le mois prochain ne s'achèvera pas sans qu'il ait donné, chez lui, l'exemple de l'application de ce nouveau mode d'éclairage. »

Le *Figaro* a tenu sa promesse, et les deux lanternes qui décorent la façade de son hôtel ont été éclairées pendant *deux* soirées au moyen des bougies Jablochkoff. Mais l'application du nouveau mode d'éclairage n'a pas duré plus longtemps, et, sans avoir nos entrées dans l'établissement de la rue Drouot, nous croyons savoir qu'on a dû y renoncer à cause de la force motrice absorbée pour le fonctionnement de la machine de l'Alliance. La force motrice du *Figaro* est destinée à l'impression du journal ; prendre quelques chevaux de force sur l'arbre moteur pour l'éclairage, précisément au moment où l'impression du journal a lieu, c'est subordonner le service principal à un besoin tout à fait accessoire. Il est fort probable que la force absorbée par la machine électro-magnétique pour l'éclairage portait préjudice à celle nécessaire pour les presses, et on y a renoncé ; nous constatons simplement le fait.

Nous signalerons également la reprise des actions du Gaz Parisien, reprise à laquelle n'est pas étranger le peu de succès obtenu par l'éclairage de la façade de l'Opéra par l'électricité. Nous ne serions pas étonnés de voir disparaître sous peu les six globes électriques et les deux câbles qui les commandent. Quant à l'éclairage de la loggia, qui était certainement le mieux réussi, nous ne savons pourquoi il n'a lieu que d'une manière très-intermittente ; il est très-probable que la force motrice est également insuffisante.

Nous dénoncerons aux partisans de l'éclairage électrique de maladroits amis qui nous ont rappelé l'ours de la fable et son pavé destiné à écraser une mouche ; dans le cas présent, la mouche est l'éclairage au gaz, et l'ours est la *Revue nouvelle de l'industrie et des travaux publics*. Après avoir, dans ses numéros des 11 et 18 septembre, fait le panégyrique du *nouvel éclairage électrique*, le rédacteur de cette revue commence, dans le numéro du 26 septembre, ce qu'en style de presse, on peut appeler l'*éreintement* du gaz. Le défaut d'espace nous empêche de citer l'article en entier ; nous nous bornerons à reproduire le passage où l'auteur accuse le gaz de *dégradation vitale et d'abêtissement moral de notre espèce :* il ne dit pas s'il a expérimenté sur lui-même :

Certes, dans nos villes, peuplées à l'excès, les *causes de dégradation vitale et d'abêtissement moral* de notre espèce sont essentiellement multiples : il en est de primitives, il en est de secondaires, et de leur association commune résulte une puissance d'action que personne ne saurait mettre en doute. Qu'il me suffise, pour le moment, d'appeler l'attention sur l'une d'entre elles ; sur celle qui, selon moi, joue le principal rôle dans cette moderne hécatombe de victimes humaines.

L'ASPHYXIE AIGUE par l'*acide carbonique* est depuis longtemps connue de tout le monde, dans ses différentes phases ;... mais, ce qui est à peine soupçonné, c'est l'ASPHYXIE CHRONIQUE *par le gaz,* asphyxie dont les exemples pullulent sous nos yeux, sans que l'esprit public y ait pris garde, sans que la science elle-même s'en soit émue.

Nous faisons grâce du reste à nos lecteurs. Inutile de discuter de semblables élucubrations ; il suffit de les reproduire pour en faire justice.

Nous donnerons aujourd'hui, d'après le *Journal für Gasbeleuchtung,* la communication faite au congrès de l'Association allemande de l'industrie du gaz, à Leipzig, par M. Oechelhæusser sur la lumière électrique et la concurrence qu'elle peut faire au gaz.

M. Oechelhæusser s'est exprimé ainsi :

La lumière électrique est sortie dans ces dernières années de l'état d'expérience à l'état d'emploi pratique. Ce résultat doit principalement être attribué aux améliorations apportées aux lampes et machines magnéto- et dynamo-électriques. Le perfectionnement et l'exploitation industrielle de ces inventions d'origine allemande ont eu lieu principalement à Paris, où, dans ces derniers temps, la lumière électrique est entrée en concurrence avec le gaz. La discussion de cette concurrence ne peut se faire qu'en prenant les choses au point où la science de l'électricité est arrivée à Paris. Aussi ce seront les machines magnéto-électriques de Gramme et les lampes (régulateurs) Serrin qui nous occuperont presque exclusivement. Il n'est pas douteux que ce mode d'éclairage n'ait un grand avenir, principalement dans son emploi pour les phares, l'éclairage des chantiers, cours de fabriques, grands hangars, halles aux marchandises, gares, grandes places, jardins publics et lieux de réjouissance à ciel ouvert, et en général pour tous les endroits qui demandent un éclairage général et étendu, sans exiger une intensité de lumière également partagée, et où cet éclairage ne fonctionne pas seulement pendant quelques heures de la soirée. Ces usages de l'éclairage électrique ne sont qu'une petite partie des emplois de l'éclairage au gaz; la concurrence sérieuse commencerait dans l'éclairage des locaux intérieurs, attendu que pour un certain temps encore il ne faut pas compter sur l'éclairage public, à moins qu'on ne trouve le moyen de diviser la lumière électrique et de faire des conduites bien moins coûteuses pour les grandes distances entre les appareils générateurs de lumière et les becs municipaux.

La lumière électrique est le résultat de la transformation de la force motrice en électricité, et finalement en lumière. La force motrice est employée à faire tourner la machine magnéto-électrique (800 tours par minute), et le courant électrique, qui est ainsi produit, provoque l'apparition de la lumière sous forme d'une étincelle permanente (arc lumineux de Volta) entre deux cônes de charbons maintenus à égale distance l'un de l'autre par le mécanisme de la lampe (régulateur) et chauffe au blanc le plus intense les pointes de ces cônes. Il ne peut, par conséquent, dans l'emploi de la lumière électrique, être question des mêmes frais de production que pour le gaz; l'usure des cônes de charbons (8 à 10 centimètres par lampe et par heure) doit être regardée comme la seule matière brute de l'éclairage électrique; comme agent auxiliaire, il faut ajouter la consommation du charbon nécessaire à la machine à vapeur qui met en mouvement la machine magnéto-électrique (ou le gaz consommé, si l'on se sert d'une machine à gaz); comme frais accessoires, il faut compter ceux de surveillance et d'entretien des appareils.

Si ces frais ne sont pas trop élevés, il y a d'autres raisons qui se découvrent dans la comparaison de la lumière électrique avec la lumière du gaz, raisons particulières qui rendent excessivement difficile de trouver un terme de comparaison juste entre les deux lumières. Ces raisons tiennent à la circonstance que la lumière électrique est produite par des foyers uniques de lumière d'une grande intensité, tandis que la lumière du gaz est produite par des foyers lumineux méthodiquement partagés, qui, individuellement, ont un pouvoir éclairant restreint. La loi physique qui veut que le pouvoir éclairant diminue en proportion du carré de la distance (c'est-à-dire qu'un objet placé à dix mètres du foyer lumineux n'est éclairé que cent fois moins que s'il était à un mètre de ce foyer) fait paraître absurde de vouloir comparer l'effet lumineux produit par une machine Gramme avec la somme de pouvoir éclairant de becs de gaz isolés, ou d'établir une comparaison entre un bec électrique du pouvoir éclairant de 1,000 bougies et cent becs de gaz ayant chacun un pouvoir éclairant de 10 bougies.

Mais, même avec cette loi, on n'arriverait pas encore à obtenir des formules certaines de comparaison, attendu que dans chaque cas pris isolément tout dépend de la position qu'occupe le foyer de la lumière par rapport à l'objet éclairé, c'est-à-dire à l'angle où viennent se concentrer les rayons lumineux. Si, par exemple, un bec de gaz est placé perpendiculairement à un mètre au-dessus d'une table, la lumière qu'il produit ne pourrait être obtenue par un feu électrique placé à 8 mètres perpendiculairement au-dessus de la même table, que si cette lumière électrique avait un pouvoir éclairant égal à 64 fois le pouvoir du bec de gaz placé à 1 mètre. Si, par exemple, la lumière électrique n'est pas placée perpendiculairement à 8 mètres au-dessus de la table, et qu'on la place à une distance égale et à 3 mètres de hauteur, à côté de la table, il faut (abstraction faite de la réflexion de la lumière) non plus un pouvoir éclairant de 64 fois un bec de gaz, mais bien un pouvoir de 171, et placé à deux mètres au-dessus, un pouvoir de 256 pour produire par l'électricité une lumière éclairant aussi bien la table qu'un bec de gaz fixé à un mètre au-dessus. Prenant alors en considération le point d'attache de la lumière que permet la disposition d'un local, on peut juger si la lumière électrique remplacera un nombre double de becs de gaz et si son emploi est pratique. Les intéressés à l'éclairage par l'électricité (comme M. Hip. Fontaine, *Éclairage à l'électricité*, page 126) donnent, comme hauteur normale d'attache des lampes électriques, celle de 5 mètres, et regardent une hauteur de 4 mètres, hauteur ordinaire des salles de fabriques, comme la dernière limite de l'emploi pratique de ce genre d'éclairage. Il est vrai que d'autres essais ont été faits, comme par exemple, dans la filature de la veuve Dieu-Obry où la lumière était envoyée par des réflecteurs au plafond des salles, de sorte que ces dernières n'étaient éclairées que par réverbération; mais il est évident que cette méthode fait perdre un pouvoir éclairant immense à la lumière, qu'on n'obtient qu'un éclairage général d'un local, et non pas un rayonnement intense sur les divers métiers. Si on prend alors en considération cette loi générale de physique et les dispositions d'élévation et d'étendue de chaque local à éclairer, la projection des surfaces à éclairer, l'intensité plus ou moins grande de lumière qu'exige tel ou tel genre de travail, il faut tout simplement renoncer à trouver une formule exacte et générale, avec laquelle on puisse exprimer la juste valeur de la lumière électrique dans son rapport avec le gaz: Une chose est certaine, c'est que le superflu de lumière à proximité de la lampe électrique est, économiquement parlant, sans valeur, et qu'il faut surtout prendre en considération si les différents emplacements d'une salle de travail sont éclairés d'une manière aussi intense avec l'électricité qu'avec des becs de gaz également disposés.

Après ces explications, l'absurdité d'une comparaison directe entre le pouvoir éclairant de la lumière électrique et la somme des pouvoirs éclairants d'une quantité de becs de gaz isolés saute encore plus aux yeux. Et c'est cependant sur cette base fausse et insoutenable que sont fondés tous les calculs du programme des intéressés à la lumière électrique, et tous les prétendus avantages pécuniaires de cet éclairage sur l'éclairage au gaz. On met tout simplement sur la même ligne les frais d'une lampe électrique et ceux de 100, 150 et même 250 becs de gaz, et on arrive de cette manière au résultat que l'éclairage au gaz coûte cinq et dix fois autant que l'éclairage électrique. Pour ne citer que quelques exemples : M. Fontaine dans son ouvrage, page 202, établit un parallèle entre les frais d'éclairage au gaz et ceux de l'éclairage à l'électricité, dans la fonderie de M. Ducommun, à Mulhouse ; et il conclut que la lumière électrique est dans le rapport de 1 : 2,26 moins chère que le gaz, en comparant les frais de quatre machines Grammè avec des lampes Serrin, donnant ensemble un pouvoir éclairant de 442 becs Carcel, avec les frais effectifs de 442 becs de gaz. Si on prend maintenant les chiffres réels, c'est-à-dire au plus 80 becs de gaz, et non 442, nécessaires pour l'éclairage des 56 mètres de longueur et 28 mètres de largeur de cette usine, on a au contraire pour résultat, que la lumière électrique est plus chère que le gaz dans le rapport de 1 : 2,44. Non moins sans gêne est le programme du fabricant de la machine Gramme. Il admet tout simplement qu'un bec électrique remplace 250 becs à gaz, et, partant de cette base et à l'aide d'autres tours de force de calcul, il arrive au résultat que le gaz est presque dix fois plus cher que la lumière électrique. Entreprendre la critique d'une pareille assertion serait lui faire trop d'honneur.

Les explications ci-dessus démontrent qu'il ne peut être établi aucune formule théorique pour le rapport existant entre la valeur de l'éclairage électrique et celui du gaz ; on doit s'attacher principalement, pour arriver à des chiffres approximatifs, à démontrer statistiquement quel est le nombre réel de becs de gaz qu'une flamme électrique remplace dans un établissement éclairé par cette méthode.

Comme point de départ, on peut admettre dans ces circonstances la machine Gramme type A avec le régulateur Serrin qui est presque généralement employé. Le pouvoir éclairant développé par cette machine, dans les établissements où elle fonctionne, a été trouvé, à la suite de plusieurs observations pratiques, être de 100 à 150, au plus, becs de gaz parisiens (1 bec Carcel = 105 litres, consommation de gaz par heure). En augmentant légèrement la force de rotation, ce pouvoir éclairant peut être considérablement élevé ; mais la pratique donne, avec un pouvoir de 100 becs ou un peu au delà, une limite d'intensité, pour l'éclairage de localités intérieures, qui ne peut être dépassée sans porter préjudice à la vue. Là où une lumière plus intense est produite, on est obligé de l'amortir par des lanternes avec verres opaques, de manière à ce que, sous tous les rapports, il n'y ait jamais plus de 100 becs qui donnent l'éclairage.

Les frais de cet éclairage sont maintenant les suivants, donnés par les intéressés, et qui sont évidemment favorables à la lumière électrique, pour la gare petite vitesse de la Chapelle.

A. *Frais de production par heure.*

1° Consommation de cônes de charbons. Les indications varient de 16 à 33 centimes par heure ; je prends une moyenne de.... 0 f. 20

2° Entretien et surveillance. Les indications varient de 15 à 30 centimes suivant la distribution des frais sur une ou plusieurs machines ; pour une machine........................ 0 30

3° Consommation de charbon par la machine à vapeur. Les intéressés donnent dans leur programme, pour chaque machine, une force d'un cheval et demi, tout au plus deux ; mais la pratique à la Chapelle a démontré qu'il fallait une force de 2,4 chevaux pour une machine Gramme et 0,5 pour les transmissions ; en tout, par conséquent, 2,9 chevaux. Je prends 2 1/2 chevaux, avec 2 1/2 kil. de charbon par cheval et par heure, soit par machine 6 1/2 kil. houille par heure. Le prix moyen du charbon en Allemagne est de 1 fr. par 50 kil., donc.. 0 125

Total des frais de production par heure...........fr. 0 625

Il est entendu que ces chiffres (ainsi que ceux ci-dessous des intérêts et de l'amortissement) sont pris pour une grande machine à vapeur qui existe dans cet établissement (et non pour un moteur servant exclusivement à la machine Gramme). Aussi, à l'exception de la houille consommée, nous n'avons porté en compte ni service, ni entretien, ni réparation de la machine à vapeur.

B. *Intérêts et amortissement des frais d'installation.*

1° Une machine Gramme prise à Paris................. 1,500 fr.
2° Une lampe Serrin   » 450
3° Transport, établissement, lanternes, conduites et fil de fer et transmissions. Les intéressés ne donnent que le chiffre de 300 à 550 francs, somme beaucoup trop faible. A

A reporter........ 1,950 fr.

Report............ 1,950 fr.

la Chapelle, les frais se sont élevés, pour une des trois machines Gramme, à 1,748 francs. Pour l'étranger, ces frais sont encore plus élevés ; malgré cela, nous ne prendrons que la somme de.................................... 1,500

4° Machine à vapeur. Part qu'exige la force de 2 1/2 chevaux aux frais de la grande machine d'exploitation et de la chaudière (abstraction faite du bâtiment, de la cheminée, etc.), 1,000 francs par cheval, pour 2 1/2 chevaux............. 2,500

Somme des frais d'installation.......... 5,950 fr.

L'intérêt de cette somme est calculé au taux de 5 0/0 ; l'amortissement à 4 0/0, si l'éclairage n'a lieu que le soir, à peu près 500 heures par année ; à 6 0/0, si l'éclairage dure toute la nuit, à peu près 4,000 heures par année ; les Français comptent d'une manière et de l'autre uniformément 10 0/0. Au taux de 500 heures, les frais d'intérêt et d'amortissement à 9 0/0 pour 5,950 fr. = 535 fr. 50, soit 1 fr. 07 par heure. Au taux de 4,000 heures à 11 0/0 = 654 fr. 50, soit 0 fr. 1636.

Le total des frais d'une heure d'emploi d'une machine Gramme et d'une lampe Serrin sera avec :

	500 h. d'éclairage	600 h. d'éclairage
Frais de production.........	50,0 pfennig (1)	50,0 pfennig
Intérêts et amortissement...	85,6 »	13,1 »
Sommes.......	135,6 pfennig	63,1 pfennig

Un regard jeté sur ces deux chiffres fait immédiatement reconnaître quelle énorme différence de frais l'éclairage électrique entraîne après lui, suivant que le nombre d'heures d'éclairage est plus ou moins grand, différence qui n'existe pas dans l'éclairage au gaz, ni dans aucun autre mode d'éclairage. On comprend ainsi pourquoi les intéressés ne recommandent l'éclairage électrique que dans le cas où l'éclairage doit durer toute la nuit.

Si maintenant les intéressés, dans leurs comparaisons avec l'éclairage au gaz, se rendent coupables du ridicule signalé ci-dessus, de mettre en parallèle les frais d'une machine Gramme et la consommation du gaz, les intérêts de l'amortissement des frais d'installation de 100 et même de 250 becs, il est de notre devoir de chercher où est la vérité, c'est-à-dire de trouver quel est l'espace éclairé par une machine Gramme et quel est alors le nombre de becs qu'elle remplace effectivement. On comprendra parfaitement qu'il ne peut être question ici que

(1) Le pfenning vaut 0 fr. 0125.

de chiffres approximatifs, chaque industrie exigeant une intensité de lumière différente, et que le plus ou moins d'élévation de la lampe électrique ainsi que la forme du local doivent être pris en considération.

Les calculs que j'ai faits dans onze cas d'éclairage de salles de fabrique en France et en Allemagne (parmi lesquelles cinq dans des filatures et tissages, trois dans des ateliers pour machines, deux dans des fabriques de chocolat et un dans une fonderie) m'ont fait trouver que pour une surface de 329 m. q. il faut, pour un éclairage suffisant, une machine Gramme et une lampe Serrin. La plus petite surface avait 144 m. q.; la plus grande 484 mètres carrés; le point d'élévation de la lampe Serrin variait de 3m,1 à 6 mètres; dans deux cas, la lumière était réfléchie. Très-rarement j'ai pu préciser le nombre de becs de gaz remplacés, cependant le chiffre le plus élevé que j'ai rencontré en France était de 30 becs (1 bec Carcel = 105 litres de consommation par heure). Dans le hangar aux marchandises à la Chapelle, où fonctionnent trois machines Gramme, une machine a remplacé 9 becs de 120 litres; le chef de gare toutefois comptait que 21 becs étaient nécessaires pour remplacer suffisamment l'électricité par le gaz. Pour la gare du Nord, à Paris, le devis porte, en vue du remplacement de 24 becs à 105 litres, une machine Gramme de 100 à 150 flammes de force éclairante. Bref, si on peut prendre comme étalon de comparaison, qu'une machine Gramme remplace 33 becs Carcel pour l'éclairage d'un intérieur de fabrique, les expériences faites jusqu'à présent prouvent que ce chiffre n'est pas une moyenne du pouvoir éclairant de la lumière électrique, mais presque la dernière limite à laquelle ce pouvoir peut arriver. Un bec de gaz aurait, dans ce cas, à éclairer 15 mètres carrés de surface, moyenne généralement dépassée dans les grandes fabriques.

Pour de grandes halles, cours, magasins, hangars, etc., il est évident que les chiffres ne sont plus les mêmes. Dans six cas que j'ai observés la moyenne de la surface éclairée était de 973 mètres carrés, soit le triple des salles de fabrique. Là où on ne demande qu'un éclairage général, et non une intensité de lumière précise et uniforme, là est le véritable domaine de l'emploi avantageux de la lumière électrique; il en est de même pour l'éclairage de nuit à ciel ouvert où une lampe électrique éclaire suffisamment 2,000 m. q. et plus encore de surface.

Si donc nous avons trouvé ci-dessus que les frais d'une machine Gramme de 100 à 150 becs carcels se montent par heure :

A avec 500 heures d'éclairage, à .... 135,6 pfennig.
B avec 4,000 heures d'éclairage, à .... 63,1 pfennig.

On trouve pour les 25 becs de gaz remplacés :

A 5,42 pfennig par bec.
B 2,52 pfennig par bec.

Calculons maintenant les frais de l'éclairage au gaz chez le fabricant qui tire son gaz d'une usine publique; nous aurons :

A Sa consommation de gaz.

B Les intérêts et l'amortissement de la conduite et du compteur.

Pour A un bec normal de 140 litres par heure coûte en Allemagne :

Si le prix du gaz est de 20 pfennig par mètre cube. 2.80 pfennig.

—	19		—	2.66 —
—	18		—	2.52 —
—	17		—	2.38 —
—	16		—	2.24 —
—	15		—	2.10 —

Pour B les frais d'installation de la conduite et du compteur sont en France de 30 fr. par bec; à notre point de vue ces frais sont pour les grandes fabriques, dont il est seulement question ici, à peu près de 20 marks. Admettons m. 22,50. Il faut tenir compte de 5 pour 100 d'intérêt et 2 1/2 pour 100 d'amortissement, attendu que le compteur est de toute l'installation le seul instrument sujet réellement à usure. Il n'est pas besoin d'avoir égard à la différence du nombre des heures d'éclairage pour fixer la quotité de l'amortissement, comme il faut le faire pour le travail de la machine nécessaire pour la production de la lumière électrique; l'usure d'une conduite et d'un compteur n'est pas plus ni moins sensible, que ces objets servent ou ne servent pas. Quant au service et à l'entretien de la conduite il ne peut en être question ici, le changement éventuel d'un bec coûte trop peu pour être mis en compte.

7 1/2 pour 100 d'intérêts et d'amortissement de marks 22,50 fait par an m. 1,69, réparti sur chaque heure d'éclairage, avec :

500 heures par an.............. 0.33 pfennig.

4,000 heures par an.............. 0.04 pfennig.

Ce sont là des sommes bien petites en comparaison de celles des intérêts et de l'amortissement pour la lumière électrique; la différence entre les deux sommes est de 0,29 pfennig d'un côté et de 2,90 pfennig de l'autre, par conséquent juste dix fois autant.

Le prix par bec et par heure est donc pour consommation de gaz, intérêt et amortissement :

Prix du gaz	à 500 heures d'éclair.	à 4,000 heures d'éclair.
20 pfennig	3.13 pfennig	2.84 pfennig
19 —	2.99 —	2.70 —
18 —	2.85 —	2.56 —
17 —	2.71 —	2.42 —
16 —	2.57 —	2.28 —
15 —	2.43 —	2.14 —

Ces sommes sont maintenant à comparer avec les frais de l'éclairage électrique. Nous avons trouvé pour ce dernier, par machine Gramme et par heure :

A 500 heures : 135.6 pfennig.

A 4,000 heures : 63.1 pfennig.

Il faut conclure par conséquent que, en brûlant pendant 500 heures de l'année, le gaz devrait coûter 38,7 pfennig par M. C. (= 10 marks 96 pour 1,000 C' anglais) et par 4,000 heures d'éclairage, 18 pfennig par m. cube, soit 5 marks 09 pr. 1,000 C' anglais, pour arriver à la hauteur du coût de l'éclairage électrique.

Dans de grandes installations avec plusieurs machines Gramme, il est de fait que les frais d'entretien et de surveillance diminuent; avec 4 machines, ces frais ne montent qu'à environ 15 centimes par machine, tandis que s'il n'y en a qu'une il faut compter 30 centimes. C'est pourquoi, avec 4,000 heures d'éclairage, les frais d'une lumière électrique correspondant à un bec de gaz tombent de 2.52 pfennig à 2.04 pfennig, ce qui correspond à un prix de gaz de 14.6 pfennig (= mark 4.13 pour 1,000 C' anglais). C'est là l'équivalent le plus bas des frais qui, dans l'état actuel de l'industrie de la lumière électrique mise en exploitation sur une grande échelle, pendant la nuit entière et dans de bonnes conditions, puisse être mis en regard de ceux de l'éclairage au gaz.

Pour l'éclairage de la moitié de la nuit, soit à peu près 2,000 heures et dans les mêmes conditions favorables, l'équivalent de la lumière électrique et du gaz se ferait avec un prix de 17.7 pfennig par mètre cube (= mark 5.01 pour 1,000 C' anglais).

Si les machines Gramme, au lieu d'être mises en mouvement par la grande machine à vapeur de l'établissement, l'étaient par une locomobile particulière, les frais, d'après des expériences pratiques faites à la Chapelle, s'élèveraient, par suite des intérêts et de l'amortissement, à 5.89 pfennig par machine et par heure, somme qui, réduite à un bec de gaz, est de 0.23 pfennig. Au lieu de 2.04 pfennig, le coût le plus réduit pour une comparaison avec le gaz serait alors de 2.27 pfennig, ce qui fait 16.2 pfennig par mètre cube (= mark, 4.58 pour 1,000 C' anglais).

De toutes ces explications il ressort :

1° Que, pour un éclairage de soirée ordinaire d'à peu près 500 heures par an, la lumière électrique est considérablement plus chère que le gaz sous tous les rapports.

2° Qu'une égalité approximative de prix avec les prix du gaz ne commence que là où l'on éclaire la moitié de la nuit et lorsque le nombre d'heures d'éclairage atteint le chiffre de 2,000 par an.

3° Qu'il ne peut être question d'un avantage pécuniaire réel, et même peu considérable dans les conditions les plus favorables, que si l'éclairage électrique dure toute la nuit, c'est-à-dire à peu près 4,000 heures par an.

Si l'on considère effectivement que, même dans le cas n° 3 ci-dessus, et qui ne se présente que d'une manière exceptionnelle dans les fabriques, l'éclairage électrique n'a un avantage sur le gaz qu'autant que le prix de ce dernier dépasse 1 thaler 10 gros pour 1,000 C' anglais (prix que payent beaucoup de fabriques en Allemagne). Si l'on considère en outre que, pour les petits locaux, soit corridors, etc., il est néanmoins nécessaire d'avoir une conduite pour leur éclairage, à moins de les éclairer également à l'électricité, et si l'on met en parallèle la complication mécanique de la production de la lumière électrique et sa complète dépendance des heures de marche, et de la rapidité des moteurs de la fabrique, avec la simplicité de l'éclairage au gaz, on peut voir combien peu sont fondées les craintes qu'a fait naître la lumière électrique pour l'éclairage au gaz. Il est certain que bientôt la lumière électrique pénétrera de différents côtés sur le terrain de l'éclairage intérieur ; mais, vu l'état actuel de l'industrie de l'électricité, il n'y a pas lieu de craindre que cette nouvelle méthode d'éclairage devienne dangereuse ou fasse une concurrence immédiate et sérieuse à l'industrie du gaz ; c'est là aussi le sentiment unanime des cercles de Paris qui s'occupent de la question du gaz. L'éclairage électrique influencera difficilement d'une manière sensible la progression annuelle de consommation observée jusqu'ici, et la perte légère qui pourra se produire sera compensée par l'augmentation de consommation que l'industrie du gaz obtient, par exemple, de l'emploi des moteurs à gaz Otto.

Il ne faudrait s'attendre à une concurrence plus forte que dans le cas où, dans les conditions économiques précitées, on arriverait à diviser la lumière électrique comme on divise le gaz, c'est-à-dire à fixer des foyers lumineux d'une intensité minime à des points quelconques d'une conduite en fil de fer. C'est vers ce but que tendent les efforts nouveaux de Jablochkoff, dont les journaux font tant de bruit. Les essais faits par lui dans les magasins du Louvre avec un système de lampes nouveau et très-simple donnent certainement une certaine division de la lumière parce que plusieurs de ces lampes peuvent être fixées sur le même fil de fer.

Mais ce résultat n'est obtenu qu'avec les frais ordinaires d'une installation première, des frais plus considérables d'exploitation et une plus grande perte de lumière, et n'a jusqu'à présent aucun avantage sur la machine Gramme, qui ne fait fonctionner qu'une seule lampe Serrin. Et pour ce qu'il en est des autres efforts de ce bouillant inventeur de fixer sur le fil conducteur, aux endroits qu'il voudra, des petits cônes ou tubes de kaolin qui, par le courant électrique, seraient chauffés au blanc, aucun résultat pratique soit sous le rapport physique, soit sous le rapport économique n'a été obtenu qui puisse faire espérer que M. Jablochkoff sera plus heureux que ses devanciers, qui, depuis plus de trente ans, s'occupent de la solution pratique de ce problème.

Il n'est pas à dire pour cela que nous écartons complétement la pos-sibilité de cette solution ; récemment même, M. le docteur Werner Siemens crut y toucher de très-près. Il faut tranquillement attendre. Personne ne peut dire tout ce qui peut être et tout ce qui sera encore inventé, mais vu l'état actuel de la question, je ne puis, pour appuyer mes propres vues, que me servir de l'autorité compétente de M. le Dʳ Werner Siemens lui-même qui, dans le journal d'*Elberfeld*, dans un article daté de Berlin, le 26 avril 1877, s'exprime ainsi : « La forte con-centration de la lumière électrique est très-peu avantageuse pour l'éclai-rage uniforme de grands locaux, et pour la plupart des buts que doit remplir l'éclairage au gaz. Il est possible que la science progressive arri-vera avec le temps à surmonter aussi ce défaut de la lumière électrique ; on s'est déjà engagé dans cette voie et on a espoir de réussir, mais en attendant on doit écarter l'idée d'un remplacement général de la lumière du gaz par la lumière électrique. »

Le champ de l'industrie de l'éclairage, le besoin de lumière sont si immenses, et avec les progrès de la civilisation, augmentent dans une proportion telle, que nous ne pouvons, dans l'intérêt général, que saluer joyeusement toute nouvelle invention de lumière, sans nous abandonner à des craintes timides. A la résine et à la torche de l'anti-quité succédèrent les lampes à graisse et à huile ; la cire, le suif, la paraffine, la stéarine, l'huile de schiste, le photogène et la masse d'autres produits liquides de l'hydrogène carboné qui servent à l'éclairage, pri-rent naissance ensuite, tandis qu'en même temps le gaz trouva la plus large extension. La terre elle-même s'ouvrit, et fournit la plus magni-fique matière d'éclairage et dans la plus grande proportion, le pétrole. A chaque nouvelle apparition d'une matière éclairante, les gens peu clairvoyants craignaient pour l'existence industrielle de l'autre, et croyaient à une surabondance de lumière. Et cependant tout s'harmo-nisa toujours dans l'immense cadre des emplois de la lumière ; depuis la cire si chère, jusqu'au pétrole si économique et si bon marché, chaque agent d'éclairage trouva sa place pour prospérer et réussir. La lumière électrique à son tour, ce plus rude concurrent du soleil, entrera dans cette arène de l'industrie de l'éclairage, mais seulement pour compléter et élargir, non pour faire une concurrence mortelle.

A la suite de la communication de M. Oechelhaüsser, M. Fris-chen, ingénieur à Berlin, directeur de la fabrique de MM. Siemens et Halke, s'est attaché à démontrer que les Allemands avaient la priorité dans les perfectionnements apportés aux machines magnéto-électriques, et qu'une machine du système Siemens, de même volume qu'une machine Gramme, donnait près du double de lumière. Cette discussion s'écarte du cadre que nous nous sommes tracé, et nous nous bornerons à reproduire les dernières paroles de M. Frischen :

Pour l'éclairage uniforme de grands espaces et la plupart des buts que l'éclairage au gaz doit remplir, la concentration de la lumière électrique est très-désavantageuse. Il est probable que les progrès de la science vaincront, avec le temps, ce côté vulnérable de la lumière électrique ; on est déjà entré dans cette voie avec des espérances de réussite ; mais, en attendant, il ne peut nullement être question d'un emploi général de l'éclairage électrique à la place du gaz. Il faut encore remarquer que la distance des lampes électriques de la photo-machine ne doit pas être considérable, si on ne veut pas employer des fils de cuivre très-gros et très-coûteux.

BIBLIOTHÈQUE NATIONALE R. F. IMPRIMÉS.

PARIS. — IMPRIMERIE TYPOGRAPHIQUE DE A. POUGIN, 13, QUAI VOLTAIRE. — 11000.

40

www.ingramcontent.com/pod-product-compliance
Lightning Source LLC
Chambersburg PA
CBHW061649180626
46818CB00003B/1022